Heiraths Antrag des Landmanns
Proposition de Mariage du Vilageois.

Heiraths Antrag des Arzts
Proposition de Mariage du Medecin.

Heiraths Antrag des Schulmeisters
Proposition de Mariage du Maitre décole.

Heiraths Antrag des Predigers
Proposition de Mariage du Ministre

Complimentir_Narr.
Fou-Complimenteur

Calender_Narr.
Manie d'almanacs

Verliebter_Narr
Fou amoureux

Credit_Narr.
Folie de faire Crédit

Der Kuster
Le Marguilier.

Der Herrnhuter
Le Herrnhut.

Der Polnische Vlies.
L'esclave Polonnois.

Der Menoniste
Le Menonite

Doris Leupold, Jan. 91

Enzo Orlandi

GOETHE

Ein Text- und Bildband über Leben und Werk des Dichters

ENGEL VERLAG

Goethe
und seine Vaterstadt

Das Kind wollte nicht kommen. Die Wehen der Mutter zogen sich über drei Tage hin. Es kam schließlich «ganz schwarz», das heißt vermutlich blau, weil fast erstickt, zur Welt. Kein Arzt war zur Stelle, nur die Hebamme und die Großmutter. Sie massierten dem Neugeborenen das Herz mit Wein – es lebte. In seiner Autobiographie erzählte Goethe sehr viel feierlicher die Geschichte seiner Geburt, die er mit dem Mittagsläuten des 28. August 1749 zusammenfallen läßt. In der lutherischen Katharinenkirche wird er auf die Namen des Großvaters mütterlicherseits, Johann Wolfgang Textor, getauft. Die alte Freie Reichsstadt Frankfurt hat noch immer fast mittelalterlichen Charakter. Noch wird eine Kindsmörderin öffentlich hingerichtet. Die Welt des ‹Faust› ist nicht Reminiszenz ferner Zeiten, sie ist die Welt, in der der junge Goethe aufwächst. Doch von diesem Beginn spannt sich der Bogen zu einem völlig andersgearteten Epilog.

In seine Lebenszeit fallen Kriege, Umwälzungen der Gesellschaft und der Lebensbedingungen, radikale Veränderungen in Wissenschaft und Kunst, der Siebenjährige Krieg, die amerikanischen Freiheitskriege, die Französische Revolution, die Herrschaft Napoleons und sein Sturz. Er erlebt den Übergang vom Barock zu Rokoko, Klassizismus und Romantik, die Wandlung der Alchimie zur Chemie, die Entwicklung vom Handwerk zur Industrie. Gleichzeitig wird die alte theologische Weltsicht entthront, und Goethe trägt mit seinem Glauben an die Gegenwart Gottes in der Natur kräftig zu ihrem Niedergang bei. Schließlich ist es ihm zu danken, wenn sich die deutsche Dichtung aus provinziellem Charakter zu europäischer Bedeutung erhob.

Linke Seite: Goethes Eltern. Der Vater heiratete fast vierzigjährig die blutjunge Elisabeth Textor. Goethe beklagte stets die Härte des Vaters, dem er Mangel an Verständnis vorwarf. Er war ein Mann von universeller Bildung, jedoch trocken und nüchtern. Seine Frau behandelte er ein wenig wie ein Kind, das mit den eigenen beiden Kindern zu erziehen wäre. Goethes Mutter war die Gabe des Erzählens angeboren. Sie war von fröhlichem Gemüt und praktisch veranlagt. Ihren «Hans», den sie nach seinem Weggang nach Weimar nur noch sehr selten sah, verzog sie sehr. Unter den vielen von Goethe in seinem Werk geschaffenen Figuren findet sich keine Spur weder des Vaters noch der Mutter, noch der Schwester Cornelia.

Auf der linken Seite und untenstehend zwei zeitgenössische Stiche: Frankfurt am Main. Mittelpunkt des städtischen Lebens war der Platz auf dem Römerberg mit der angrenzenden Nicolaikirche. Jeden Morgen händigte der Bürgermeister den Wachen, wie schon im Mittelalter, die Schlüssel zum Öffnen der Stadttore aus.

Aus der Familienchronik

Goethes Familie stammt väterlicherseits aus Thüringen. Der Urgroßvater ist Hufschmied. Der Großvater Friedrich Georg wird Damenschneider und zieht nach Frankfurt; von hier geht er nach Frankreich. Er lebt und wirkt in Lyon, bis er durch die Aufhebung des Edikts von Nantes mit den übrigen Hugenotten von dort vertrieben wird. Nach Frankfurt zurückgekehrt, nimmt er den Namen Göthé an. Er vermählt sich zweimal. Nach dem Tod der ersten Frau heiratet er die reiche Witwe eines Zunftgenossen, die ihm als Mitgift auch ein großes Gasthaus, den ‹Weidenhof›, einbringt. Seine besten Geschäfte macht Friedrich Georg Göthé jedoch im Weinhandel, mit dem er einen Großteil jenes Vermögens ansammelt, das seinem Enkel später erlaubt, als großer Herr zu leben. Bei seinem Tod hinterläßt er neunzigtausend Gulden in Grundstücken, Hypotheken und barem Geld. Sein Sohn, Johann Caspar, vermehrt den ererbten Reichtum nicht um einen Gulden. Er, der Vater Johann Wolfgang Goethes, ist schwer zu beschreiben. Auf Wunsch des Vaters, der alle Hoffnungen auf ihn setzt (der ältere Bruder ist schwachsinnig), studiert er, erwirbt den Doktortitel an der Universität Gießen und macht – für einen jungen Mann seiner Herkunft ein sehr anspruchsvolles Unterfangen – eine Reise nach Italien. Bei seiner Rückkehr bewirbt er sich um ein Amt in der Verwaltung und erklärt sich bereit, es auch unentgeltlich zu übernehmen. Dieser Vorschlag stößt jedoch nicht auf Wohlwollen, macht er doch, vom Sohn eines durch den Weinhandel reichgewordenen Schneiders vorgebracht, einen recht parvenühaften Eindruck. Die Bewerbung wird abschlägig beschieden; Johann Caspar Goethe kauft sich daraufhin den Titel eines Rats, der ihn den oberen Klassen gleichstellt, ihn jedoch von jedem städtischen Amt ausschließt. Verletzt zieht er sich ins Privatleben zurück, ohne je ein Leben in der Öffentlichkeit begonnen zu haben. Schon fast vierzigjährig (für die damalige Zeit sehr spät), verbindet er sich mit der siebzehnjährigen Elisabeth Textor, die zwar keinen Heller Mitgift besitzt, doch aus einer sehr geachteten Juristenfamilie kommt. Ein Jahr später wird Johann Wolfgang Goethe geboren, eineinhalb Jahre darauf die Tochter Cornelia; ihnen folgen einige Geschwister, die alle kurz nach der Geburt sterben. Der Rat widmet sich seinen Bücher-, Gemälde- und naturgeschichtlichen Sammlungen.

Linke Seite oben: Goethes Großeltern mütterlicherseits. Darunter: Ein dreisprachiger Prospekt des Gasthauses ‹Zum Weidenhof›, einem der besten Frankfurts, auf dem die Reisezeit mit der Postkutsche von Frankfurt am Main zu den wichtigsten europäischen Städten in Stunden angegeben ist.
Auf dem nebenstehenden Gemälde sind der kleine Wolfgang und seine Schwester Cornelia wiedergegeben.

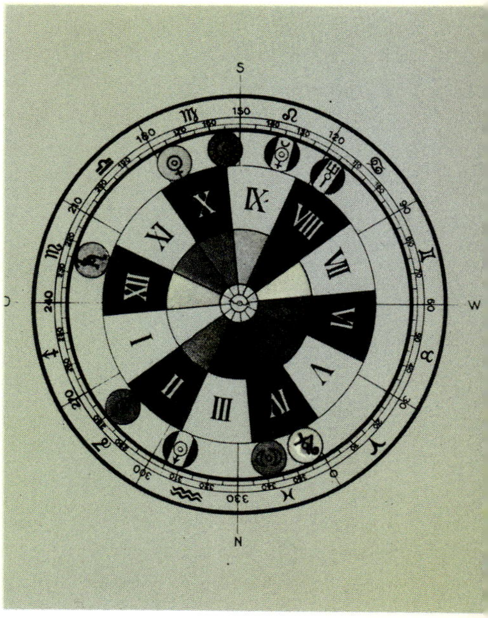

Zu Beginn seiner Autobiographie beschreibt Goethe sein Horoskop (oben). Zwei negative Konstellationen, die Sonne gegenüber dem Mond und Venus in Opposition zum Widder, stehen den Astrologen für einen tiefgehenden Kontrast: das Schwanken zwischen dem Konkreten und dem Abstrakten, zwischen Theorie und Praxis. Doch Goethe wußte diese «zwei Seelen» miteinander in Einklang zu bringen. Neben der Fähigkeit, die wesentlichen Probleme des Lebens zu lösen, besaß er vielfältige Interessen und großen Weitblick und kannte den entscheidenden Wert des unmittelbar Erlebten. «Ich habe in meiner Poesie nie affektiert. Was ich nicht lebte und was mir nicht auf den Nägeln brannte und zu schaffen machte, habe ich auch nicht gedichtet und ausgesprochen.» Auch war er mit der Fähigkeit begabt, sich nicht nur den eigenen Gefühlen, sondern auch dem ewigen Fluß der Dinge hinzugeben.

Goethe war kein Wunderkind

Ganz das Gegenteil Johann Caspar Goethes ist sein Schwiegervater Textor, ein scharfsinniger, ja schlauer Mensch, der es bis zum Schultheiß bringt. Auch die Familie Textor – der Name ist eine Latinisierung des ursprünglichen Namens Weber – ist erst seit wenigen Jahrzehnten in Frankfurt ansässig. Während Textors Tätigkeit in Wetzlar am Reichskammergericht, dem obersten Gerichtshof des deutschen Reiches, lernte er seine Frau kennen. Sie entstammt einer Familie von Fleischern, doch hat ihr Vater diesen Berufsstand aufgegeben und ist zum Juristen aufgestiegen. Textor ist ein Feinschmecker, den Freuden des Lebens nicht abhold, und kümmert sich wenig um die Erziehung seiner vier Töchter. Die älteste wird die Gattin des Rats Goethe. Ihr Sohn, Johann Wolfgang, sieht später stets ein wenig auf die mütterliche Verwandtschaft herab. Als Erwachsener hat er zu seiner Mutter, die er in den letzten elf Jahren ihres Lebens allein läßt, nur ein kühles Verhältnis. Von der Mutter habe er die « Frohnatur », sagt er in einem Gedicht, sein Wesen ist – im Gegensatz zu dem ihren – aber nicht eigentlich fröhlich. Von ihr kommt, was an Spontanem und Natürlichem, Robustem und Praktischem in ihm liegt, während die ausgeprägte Neigung zum Schematischen, zum Theoretischen, zum Sammeln ein Erbteil des Vaters ist. Im übrigen ergibt sich nach Meinung der Astrologen diese Bipolarität aus seiner Geburt im Zeichen

Goethe hing sehr an seiner Schwester Cornelia (oben); sie war seine einzige Vertraute und Gefährtin. Man konnte sie weder schön noch ausgesprochen häßlich nennen, doch sie hatte eine unschöne Haut und eine große Nase. Goethe sagte von ihr, sie hätte Äbtissin werden sollen. Sie war romantisch und kühl und heiratete einen Freund der Familie namens Schlosser. Die Geburt des zweiten Sohnes kostete sie im Alter von sechsundzwanzig Jahren das Leben.

Das Haus am Großen Hirschgraben (oben links), in dem Wolfgang und Cornelia geboren wurden, war 1733 von der Großmutter väterlicherseits erworben worden. Die beiden ursprünglich getrennten Häuser ließ Goethes Vater, als der Sohn fünf Jahre alt war, in eines umbauen. Auf der linken Seite ein Gemälde von J. K. Seekatz von 1763, das die Familie Goethe im Schäferkostüm darstellt. Die Putten im Hintergrund sind stellvertretend für die totgeborenen Geschwister.

Unter den Jugenderinnerungen Goethes nehmen die Feierlichkeiten zur Krönung Josephs II. einen besonderen Platz ein. Nebenstehend das große Bankett der Könige im Römer. Unten: das fröhliche Volksbankett auf dem Platz. Ganze Ochsen wurden am Spieß gebraten. Rechte Seite: Die Krönung.

der Venus. Venusgeborene verlieren sich im Unendlichen und finden das Unendliche in sich selbst. Er ist zwar kein Wunderkind, besitzt jedoch eine wache Intelligenz. Er lernt leicht, vor allem wenn an seinen Hang zum Spiel appelliert wird, der ihn sein ganzes Leben hindurch begleitet.

Um die Universität zu besuchen, war ein Abschlußzeugnis damals nicht notwendig. Es genügte, daß man das entsprechende Alter hatte, auf einer höheren Schule gewesen oder auf andere Weise vorgebildet war. Voraussetzung war allerdings die Kenntnis der lateinischen Sprache, auch als Hilfe zum Studium des Griechischen, das im allgemeinen über eine vergleichende lateinische Übersetzung erlernt wurde. Goethe studiert auch hinreichend Französisch und – dank einer Vorliebe des Vaters – Italienisch. Geschichte lernte man aus den großen Chroniken. Goethe behält zeit seines Lebens eine entschiedene Abneigung gegen alles Geschichtliche. Ebenso ablehnend verhält er sich gegenüber dem Religionsunterricht. Das Lesen der Bibel dagegen, besonders der Kirchenväter, und alles dessen, was sich in Bilder umsetzen läßt, begeistert ihn. Er studiert auch etwas Hebräisch und Englisch. Sein liebster Zeitvertreib ist das Zeichnen und Lesen; hinzu kommen Tanzstunden, Fecht- und Reitstunden, ein wenig Klavier- und Cellounterricht, der bald wieder aufgegeben wird.

Goethe und Gretchen

Als Goethe etwa fünfzehn Jahre alt ist, tritt das erste Mädchen in sein Leben. In der Autobiographie nennt er sie Gretchen, wie später die Heldin des ‹ Faust ›. Vielleicht war sie eine Kellnerin oder eine Stickerin, jedenfalls hat Goethe sie wohl bei seinen Streifzügen in der Gesellschaft älterer Kameraden kennengelernt. Um abends mit ihnen zusammenzukommen, hat Goethe sich einen zweiten Hausschlüssel verschafft. Diese lustige Gesellschaft hat sich allerdings auch dem Fälschen von Wechseln und Urkunden verschrieben. Als die Sache aufkommt, findet Goethe sich in sie verwickelt, doch ein einflußreicher Freund der Familie rettet den jungen Mann vor ärgerem Übel. Wie lange das Idyll mit Gretchen währte, wissen wir nicht. Allerdings ist uns ein Spaziergang zu zweit in der Volksmenge, die die Krönung Josephs II. feierte, bekannt; Goethe erzählt davon. Durch eine List glückt es ihm auch, in den Bankettsaal zu gelangen und dieses prunkvolle Schauspiel zu genießen. Es ist im übrigen nicht das einzige Schauspiel, das ihn anzieht. In Frankfurt, das während des Siebenjährigen Krieges von den mit dem Kaiser verbündeten Franzosen besetzt war, konnte man auch Schauspielertruppen von der anderen Seite des Rheins sehen. Mit den Freikarten des Großvaters, der ja Schultheiß war, wohnt Goethe vielen Vorstellungen bei, treibt sich hinter den Kulissen und in den Garderoben herum.

Studium in Leipzig

Leipzig galt, als Goethe dorthin kam, als eine sehr moderne Stadt. Aus dem steifen, engen Frankfurt kommend, sah der Jüngling zum ersten Mal eine weitläufige Stadt mit Vororten außerhalb der Mauern, mit Alleen und Promenaden (Abbildungen auf dieser Seite). Zwischen Poesie und Malerei schwankend, vervollkommnete Goethe sich im Zeichnen bei Adam Oeser, der in den Dachräumen der Plessenburg (auf dieser Seite, Mitte) eine Art Akademie eröffnet hatte. Oeser lehrte seine Schüler, daß die Kunst der Klassik und die antiken Statuen Grundlage und Gipfel aller Kunst seien. Vom Vater mit einem reichlichen Wechsel ausgestattet, hatte Goethe sich eine bequeme Unterkunft genommen (rechte Seite, unten links: Das Haus, in dem er wohnte).

Goethes Vater wünscht, der Sohn möge die Rechte studieren, und er schickt den Siebzehnjährigen zum Studium nach Leipzig. Der junge Provinzler, der sich zu allem, besonders zum Zeichnen, aber nur nicht zu den Pandekten hingezogen fühlt, bleibt drei Jahre in Leipzig – Jahre, die für das Studium keine oder nur geringe Bedeutung haben, für sein Leben jedoch um so wichtiger sind. Aufgehender Stern der neuen Generation ist Lessing. Seine ‹Minna von Barnhelm›, Auftakt der nationalen deutschen Literatur, wird überall mit größtem Erfolg aufgeführt. Der junge Goethe schreibt Prosa und Verse; doch verbrennt er fast alle diese Jugendwerke. Ende August 1768 kehrt er schwerkrank nach Frankfurt zurück, «fast ein Schiffbrüchiger». Die neun Monate Rekonvaleszenz, während deren ihn Mutter und Schwester zärtlich besorgt pflegen, benutzt er unter anderem dazu, Shakespeare, der gerade in Wielands Übersetzung herausgekommen ist, zu lesen und ein Schauspiel ‹Die Mitschuldigen› zu schreiben. Doch die Geduld des Vaters ist zu Ende; das Studium muß nun abgeschlossen werden. Goethe reist also wieder ab – diesmal nach Straßburg.

Das nebenstehende Gemälde zeigt die beiden Töchter Oesers, acht Jahre nachdem Goethe Leipzig verlassen hatte. Im Sommer 1768 war die ältere, Friederike, erst zwanzig Jahre alt, ihre Schwester Wilhelmine dreizehn. Friederike war die treue Freundin, die den von Liebesleidenschaft zu Käthchen Schönkopf geplagten Goethe in seinem Kummer tröstete.

Goethe nimmt nicht am üblichen Studentenleben teil: er raucht nicht, trinkt wenig, tanzt wenig, gerät in keine Schlägerei. Doch er verliebt sich in ein drei Jahre älteres und bereits verlobtes Mädchen. Er lernt, eine selbstquälerische Eifersucht in Verse zu verwandeln. Es ist seine erste Liebe, von der wir mit Sicherheit wissen: Käthchen Schönkopf (oben). Nebenstehende Zeichnung ist ein Selbstbildnis Goethes in seiner Mansarde in Frankfurt, nach der Rückkehr aus Leipzig. Die durch die Rekonvaleszenz erzwungene Ruhe läßt ihn sich dem Einfluß der Pietisten öffnen. Der Pietismus befaßt sich mit dem Gefühlsleben, fordert eine ständige Selbstbeobachtung und lehnt sich gegen eine strenge Gesellschaftsordnung auf. Goethe entnimmt ihm die Anregung zu einer eigenen Theosophie.

Begegnung mit Herder in Straßburg

In Straßburg, das wegen seines milden Klimas und auch wegen seiner günstigen Lage auf halbem Wege nach Paris gewählt wurde, besucht Goethe die damals sehr berühmte medizinische Fakultät und widmet sich vor allem seiner heimlichen Leidenschaft, der Chemie, sowie der Botanik. Im Gasthof, in dem er abgestiegen ist, lernt er den fünf Jahre älteren, bereits bekannten Schriftsteller Herder kennen, der in ihm das Interesse für das Volkslied weckt. Goethe gibt eine Sammlung heraus und fügt heimlich ein eigenes Gedicht mit dem Titel ‹ Heideröslein › ein, das, wie auch andere Lieder, Friederike Brion, der Tochter des Pfarrers von Sesenheim, gewidmet ist und neue Saiten der deutschen Dichtung anklingen läßt, die sie zu einer unvergleichlichen Blüte führen. Die Entfernung von Straßburg nach Sesenheim kann zu Pferde an einem Tag zurückgelegt werden. Hier ist Goethe in der Familie des Pfarrers Brion Friederike begegnet. Doch bald löst er die sich anbahnende Bindung, die zu nichts führen kann, und bricht dadurch das Herz dieses Mädchens.

Der Vater drängt ihn zur Beendigung des Studiums, und Goethe schreibt eine Dissertation über ein kirchenrechtliches Thema, die als zu antikonformistisch verworfen wird. Er erhält jedoch die Lizenz, die ihn zur Ausübung des Rechtsanwaltsberufs berechtigt. Er wird sogar Doktor genannt, auch ohne diesen Titel erworben zu haben, und kehrt wieder nach Frankfurt zurück. Er will sich nicht binden, weder an eine Karriere noch an eine Frau. In Frankfurt schreibt er sein erstes bedeutendes Werk, den ‹ Götz von Berlichingen ›.

Goethe verbringt die ersten Tage in Straßburg im Gasthaus und nimmt dann in einem Hause auf dem belebten Fischmarkt Logis (oben links). Während dieser Zeit entdeckt er zweierlei: die Dichtkunst und die Gotik. Herder (ganz unten) öffnet ihm die Augen für die Dichtung, die am Anbeginn der Menschheit steht: die Mythen, die Gesänge, die Bibel, die Epen Homers und Ossians. Eine der ersten Handlungen Goethes in Weimar besteht später darin, Herder für ein hohes kirchliches Amt vorzuschlagen.

In Straßburg, dessen Stadtbild der hohe Turm des berühmten Münsters beherrscht, wird auch Goethes Verständnis für die Gotik geweckt. In seiner Schrift ‹ Von deutscher Baukunst › verherrlicht er die Kunst dieser Epoche. Doch Goethe ist auch ein Anhänger Spinozas (Mitte), der die dualistische Teilung von Gott und Natur verneinte, und dieses Motiv Spinozas wird zum Generalmotiv für Leben und Werk Goethes. Oben rechts: Das Haus des Pastors in Sesenheim auf einer Zeichnung des Dichters.

Sturm und Drang

Klopstock (oben links), der berühmte Dichter des ‹ Messias ›, beglückwünschte den jungen Goethe, der ihn verehrte, zu einigen Szenen des ‹ Faust ›, die Goethe ihm 1774 vorgelesen hatte. Auch der acht Jahre ältere Lavater (oben rechts) war bereits berühmt dank seiner Lehre von der Physiognomik, das heißt der Kunst, das innere Wesen des Menschen aus seinen Gesichtszügen zu erkennen. Goethe arbeitete mit Lavater an dessen ‹ Physiognomischen Fragmenten ›. Später, schon in Weimar, brach er zu beiden die Beziehungen ab.

‹ Ein Ritter befreit eine Jungfrau › ist der Titel dieses Gemäldes (oben) von Johann Heinrich Füssli, einem Freund Lavaters und dem einzigen wirklichen Maler des Sturm und Drang. Das Gemälde stellt eine Szene aus ‹ The Faerie Queene ›, dem Hauptwerk Edmund Spensers, eines Zeitgenossen Shakespeares, dar. Im Oktober 1771 hält Goethe eine berühmt gewordene Rede über Shakespeare; einen Monat später schreibt er ein Schauspiel anhand des Shakespeareschen Modells: den ‹ Götz › (rechte Seite: Eine moderne Illustration von Lovis Corinth).

Mit vierundzwanzig Jahren hat Goethe mit seinem am Leben jenes Ritters ‹ mit der eisernen Hand › inspirierten ‹ Götz von Berlichingen › einen durchschlagenden Erfolg. Es ist eine dramatisierte Geschichte, eine Art auf die Bühne gebrachter Roman, ganz Kraft und Geschehen. Auch die rauhe, farbige Sprache trägt zum Erfolg bei, und man bedient sich bald bei passender Gelegenheit des berühmten Götz-Ausspruches. (Goethe bedauert später, daß man Dramen nicht mehr für ein ausschließlich männliches Publikum schreibt.) Mit diesem Drama, das er auf eigene Kosten drucken läßt und das ihm Ruhm, aber nicht einen Heller einbringt, wird er zum Haupt einer berühmten Bewegung, des ‹ Sturm und Drang ›, des Vorläufers der Romantik, in der sich eine Gruppe junger Leute zusammenfindet. Sie haben eigentlich nur eines gemeinsam: den Willen, mit allem Alten, Überholten aufzuräumen. Der Name Sturm und Drang leitet sich aus dem Schauerdrama Klingers – eines der Mitglieder – her, der ursprünglich daran gedacht hatte, es ‹ Wirrwarr › zu nennen. « Krieg, einziges Glück, das ich kenne! Wo gekämpft wird, ist Raum! » und Ähnliches wiederholt sich in hochtönender Sprache. Als Merck, Schlosser und Herder 1772 im ‹ Frankfurter Gelehrten Anzeiger › einen heftigen Feldzug zur Erneuerung der Literatur beginnen, schließt Goethe sich ihnen begeistert als Journalist an. Die aus der gemeinsamen Arbeit entstandenen Artikel tragen keine Unterschrift. Nach einem Jahr verkauft der Verleger die allzu streitbare Zeitschrift.
Goethes Vater drängt den Sohn immer wieder, endlich die Rechtsanwaltslaufbahn einzuschlagen. 1772 schickt er ihn an das Reichskammergericht in Wetzlar, damit er sich praktische Kenntnisse erwerbe. Doch Goethes dortige Tätigkeit beschränkt sich auf seine Inskription unter den Praktikanten des Gerichts. Auch in Frankfurt überschritten die von ihm in vier Jahren Berufsausübung betreuten Fälle nicht die Zahl 28. Der erste ist auf den 3. Februar 1772 datiert, liegt also noch vor der Assessorenzeit in Wetzlar. Sein Klient, Heckel senior, der sich von den Geschäften seiner Keramikfabrik zurückgezogen hatte, forderte seinen Sohn Heckel junior wegen Unterhaltszahlung. Der Prozeß zieht sich bis zum Bankrott der Firma hin. In den Akten bedauert das Gericht die unkorrekte Ausdrucksweise des Rechtsanwalts Goethe in seinen Anträgen.

Goetz v.

Der Dichter des ‹ Werther ›

Goethe ist fünfundzwanzig Jahre alt, als sein erster Roman erscheint – ‹ Die Leiden des jungen Werthers ›, anonym 1774 in zwei Bänden in Leipzig gedruckt, geschmückt mit Vignetten des Freundes Oeser. Von diesem Augenblick an ist Goethe der ‹ Dichter des Werther ›, wie er später der ‹ Dichter des Faust › wird. Die Handlung ist einfach. Der Naturschwärmer Werther lernt Charlotte kennen und verliebt sich in sie. Zu spät erfährt er, daß sie mit Albert, dessen Freund er wird, verlobt ist. Auch Charlotte fühlt sich zu ihm hingezogen. Ein einziges Mal küßt er sie, um ihr dann seine Abreise anzukündigen. Nach einer herzzerreißenden Abschiedsszene erschießt er sich mit den Pistolen, die ein zu Charlotte gesandter Bedienter aus ihren zitternden Händen entgegengenommen hatte.

Die Geschichte des empfindsamen Jünglings und seiner unglücklichen Liebe rief eine Art Fieber hervor, fast als hätte sie einem inneren Bedürfnis der Zeit Form und Ausdruck verliehen. Die jungen Leute kleideten sich nach dem Vorbild Werthers in blauen Rock und gelbe Weste; sie nahmen sich das Leben, den ‹ Werther › in der Tasche. Unglücklichsein war Mode, Liebe und Tod wurden ein geläufiger Doppelbegriff. Auch die Todessehnsucht, dieses der deutschen Dichtung so teure Grundthema, wurde angedeutet. Kein anderes Werk Goethes sollte je solche Wirkungen haben wie dieser mit dem ganzen Schwung seiner jugendlichen Genialität geschriebene Roman.

Den Anstoß zu diesem Werk gaben Goethe seine Erlebnisse in Wetzlar. Während eines Festes begegnet er Charlotte Buff, die – wie er dann erfährt – einem gewissen Hofrat Kestner verlobt ist, dessen Frau sie auch wird und dem sie zwölf Kinder schenkt. Im Grunde mißfällt es Goethe keineswegs, daß Charlotte nicht frei ist, sie hätte ihm zu einer Fessel werden können. Er gibt sich mit der Stellung des unglücklich Verliebten zufrieden, die ihn jeder Verantwortung enthebt. Kaum zeichnet sich aber die Gefahr eines Verzichts Kestners ab, flieht Goethe. Und er zögert nicht einen Augenblick, Lottes Namen in seinem Roman zu verwenden. Auch eine Episode mit der achtzehnjährigen Maximiliane Laroche wird verarbeitet, die als zweite Frau des um zwanzig Jahre älteren Kaufmanns Peter Brentano nach Frankfurt kommt. Noch stärker jedoch trug zum Entstehen des Romans die aus Wetzlar kommende Kunde vom Selbstmord eines Jünglings bei, eines gewissen Jerusalem, mit dem Goethe Umgang gepflogen hatte und der sich aus unglücklicher Liebe und beleidigtem Stolz erschoß.

In Wetzlar (nebenstehend) verliebt Goethe sich in Lotte Buff (links unten), Anlaß und Name für die Heldin des ‹ Werther ›. Im Alter erhält der Dichter in Weimar eines Tages den Besuch der alten Lotte, die einen schlechten Geschmack bewies, indem sie sich ihm in der Kleidung ihrer ersten Begegnung zeigte. In seinem Goethe gewidmeten Roman ‹ Lotte in Weimar › geht Thomas Mann von dieser Episode aus. Die französische Übersetzung des ‹ Werther › war reich mit Stichen Daniel Chodowieckis illustriert. Unten: Lotte schneidet das Brot für die Geschwister (auch die echte Lotte hatte zwölf jüngere Geschwister); Werther holt Lotte zum Ball ab; Werther in der feinen Welt.

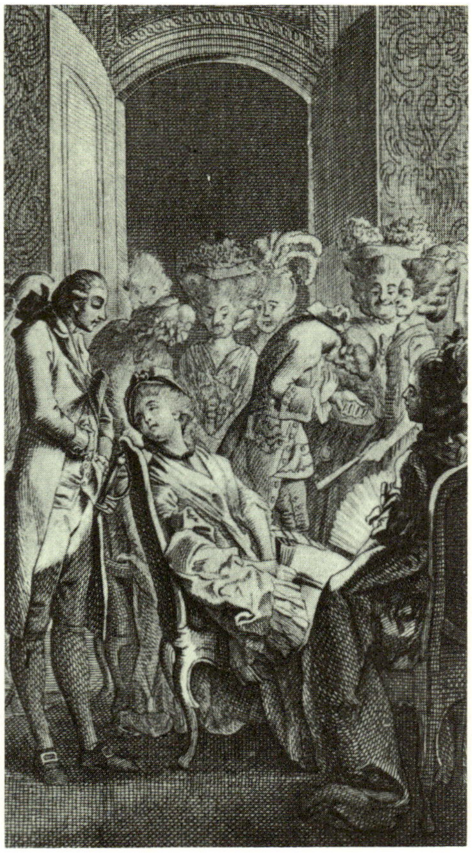

Verlobung mit Lili Schönemann

Ein Freund führt Goethe in eine der ersten Familien Frankfurts ein, in die Bankiersfamilie Schönemann. Sie führten ein großes Haus, in dem viel musiziert und getanzt wird. Bei Goethes erstem Besuch sitzt am Klavier eine blonde sechzehnjährige Schöne, die Tochter des Hauses – Lili. Neben dem Klavier stehend, beobachtet Goethe sie. Am Ende des Stückes erhebt sich das Mädchen und begrüßt den Gast mit der leichten Anmut der welterfahrenen jungen Dame. Diese Lili Schönemann ist gefährlich: sie ist weder verheiratet noch verlobt. Die Mutter fordert den jungen Rechtsanwalt auf wiederzukommen. Und eine hartnäckige Freundin der Familie treibt die Dinge bis zur offiziellen Verlobung. Goethe weicht der endgültigen Bindung in eine Reise aus – ein Mittel, dessen er sich noch oft bedienen sollte, um sich unangenehmen Dingen zu entziehen. Mit den ihm befreundeten Brüdern Stolberg fährt er in die Schweiz, kommt aber nur bis zum Gotthard. Er kehrt zurück, doch eine Heirat ist nun nicht mehr möglich. Goethe verläßt Frankfurt; Lili wird die Gattin eines Straßburger Bankiers. Später machen die Schönemanns Bankrott, ein Bruder Lilis nimmt sich das Leben. Goethe hat die einzige Gelegenheit zu einer seinem Stande entsprechenden Heirat verstreichen lassen. Er wollte frei sein, auch für die Liebe, und war deshalb nicht gewillt, eine einzige zu lieben.

Oben: Türschmuck mit einer Darstellung Frankfurts im Hause Lili Schönemanns (links), der einzigen offiziellen Verlobten Goethes. Mit Lili läßt Goethe die einzige Gelegenheit vorbeigehen, sich mit einer ihm gesellschaftlich und als Persönlichkeit ebenbürtigen Gefährtin zu verheiraten. Aber aus eben diesem Grunde bleibt er instinktiv abwartend. Er schreckt vor der Verbindung mit ihr zurück und flieht auch aus dem elterlichen Haus, diesmal für immer.

Das Gemälde (rechts) von Georg Melchior Kraus zeigt Goethe im Alter von sechsundzwanzig Jahren, in der rechten Hand einen Schattenriß. Auf diesem pflegt die Überlieferung Charlotte von Stein zu sehen. Eine Kopie von der Hand Schumanns, des Hofmalers der Herzoginmutter Anna Amalia von Weimar, wurde Goethes Mutter zum Geschenk gemacht, die sie in ihrem Zimmer aufhängte.

Weimar – eine kleine Residenz

Weimar ist kaum größer als ein Dorf. Die Mehrheit der Untertanen sind Bauern, und ländlich ist der Stil dieses Städtchens, das sechstausend Einwohner zählt. Das Schloß, das mit allen Nebengebäuden fast ein Drittel der Stadt eingenommen hatte, war zwei Jahre zuvor abgebrannt. Als Goethe dort ankommt, stehen nur noch die Ruinen. Fünfzehn Jahre dauert es, bis ein neues Schloß errichtet werden kann. Inzwischen wohnt die herzogliche Familie zerstreut: die Herzoginmutter in einem Palais, die jungen Herzöge in einem anderen, in dessen Räumen auch die Ratssitzungen stattfinden, da die Regierung nicht über ein eigenes Gebäude verfügt. In Weimar herrscht eine familiäre Atmosphäre. Es ist der richtige Ort für einen Dichter, der Kontakt mit Menschen pflegen möchte. Goethe hat stets mit größter Leichtigkeit seine Freunde und Geliebten gewechselt; die genaue Zahl wird nie festzustellen sein. In Weimar aber wird er beständig: hier ist im Grunde seine wahre Familie. Gewiß ist es ein Zufall, daß er gerade nach Weimar verschlagen wurde, aber es ist kein Zufall, daß er dort blieb.

Freundschaft mit Herzog Carl August

Als der sechsundzwanzigjährige Goethe nach Weimar kommt, findet er dort einen jungen Hof vor: die Herzoginmutter Anna Amalia (rechte Seite unten links) ist sechsunddreißig Jahre alt, der Herzog Carl August und die Herzogin Luise (rechts) achtzehn. 1769 hatte Anna Amalia eine Reise an den väterlichen Hof nach Braunschweig gemacht, um dort dem Onkel Friedrich dem Großen ihre beiden Söhne vorzustellen. Der berühmteste Porträtist der Zeit, Johann Georg Ziesenis, malte damals den König und seine beiden Großneffen, Carl August, einen Knaben von zwölf Jahren (unten) und seinen jüngeren Bruder Konstantin.
Rechte Seite oben: Eine Ansicht des neuen, nach dem Brand von 1774 wiederaufgebauten Weimarer Schlosses. Das Gemälde stammt von G. M. Kraus (1805).

Am frühen Nachmittag des 11. Dezember 1774 tritt bei Goethe der Rittmeister von Knebel ein, der den Erbprinzen von Sachsen-Weimar, Carl August, und dessen jüngeren Bruder, Konstantin, auf der Reise begleitet. In Frankfurt wollten sie den Autor des ‹Götz› kennenlernen. Die lebhafte Unterhaltung wird am Abend bei Tisch fortgesetzt, und da die Prinzen nicht in Frankfurt bleiben können, wird Goethe eingeladen, ihnen für einige Tage nach Mainz zu folgen. Es ist der Beginn einer langen Verbindung und gleichzeitig eine entscheidende Wende im Leben des Dichters. Mit achtzehn Jahren wird Carl August Herzog und kommt wieder durch Frankfurt, als er nach Darmstadt reist, um sich dort mit Luise, einer der fünf hessischen Prinzessinnen, zu vermählen. Wiederum lädt er Goethe ein.
Der Herzog war von untersetzter Statur, hatte einen kleinen Kopf und eine kurze Nase – ein Gesicht, dem nichts Adliges anhaftete. Die Züge glichen eher denen eines Wildhüters, deren Gesellschaft er im übrigen vorzog. Sein Geschmack war rauh und einfach, auch gegenüber den Landmädchen, die ihm eine ganze Reihe von Söhnen schenkten, die er alle zu Wildhütern machte. Drei der fünf Darmstädter Prinzessinnen waren von Katharina II. von Rußland als Ehekandidatinnen für den Sohn nach Petersburg gerufen worden. Luise wurde zwar sofort ausgeschieden, jedoch mit kaiserlichen Geschenken bedacht: ein Gutteil der Mitgift, die sie nach Weimar brachte, bestand aus Rubeln. Groß und mager, sentimental und frigid, ist sie nicht die richtige Frau für den Herzog. Nach einigen Fehlgeburten und einer Reihe von Töchtern, die bald nach der Geburt sterben, erblickt endlich der männliche Erbe das Licht der Welt. Die Weimarer atmen auf.
Die Herzoginwitwe und -mutter Anna Amalia ist Begründerin und Brennpunkt dessen, was später als der ‹Musenhof› von Weimar bezeichnet werden sollte. Nach Wieland, der als Erzieher der Prinzen berufen worden war, folgt nun Goethe. Die Anfänge sind schwierig. Die vom Herzog angesagte Kutsche traf nicht pünktlich in Frankfurt ein. Zum Teil auch auf das Drängen des Vaters machte Goethe sich auf die Reise nach Italien. Doch bei seiner ersten Station, in Heidelberg, holt ihn eine Stafette ein. Er kehrt nach Frankfurt zurück und reist mit dem Kammerherrn von Kalb nach Weimar, wo er am 7. November 1775 eintrifft.

Die ersten Jahre am Hof in Weimar

Goethes erste Monate in Weimar neben dem verwöhnten, ausgelassenen jungen Herzog, der eben erst den Thron bestiegen hat und sich um jeden Preis amüsieren will, ähneln einem einzigen großen Karneval. Goethe, der noch ganz im Sturm und Drang steckt (selbst in seiner Ausdrucksweise, über die sich die Herzogin entsetzt), ist kein Spielverderber, wenn er auch gewisse grobe Gewohnheiten des Herzogs im Innersten nicht akzeptiert: die stets glühende Pfeife, die großen Jagdhunde, die er überallhin mitnimmt, die gewöhnlichen Scherze. Doch nichts anderes tritt in dieser freien, heiteren Atmosphäre störend zwischen die enge Freundschaft der beiden jungen Männer. Hier sind wir nicht mehr in Frankfurt, wo ein alter Vater sein Mißfallen äußert und eine engstirnige Gesellschaft Kritik übt. Hier ist nur der Freund, der alles, was Goethe tut, bestaunt und der zudem der Herr ist. Doch diese Zeit der turbulenten Späße und Überschwenglichkeiten ist nicht von Dauer. Goethe gelingt es auch, die Sympathie der Herzoginmutter zu gewinnen. Er ist alles andere denn langweilig, und nichts ist an kleinen Höfen wie Weimar, an denen nie etwas passiert, gefürchteter als die Langeweile. Elf Jahre lang veröffentlicht Goethe nichts mehr. Er arbeitet nur für diesen ‹Musenhof›: er schreibt Schauspiele für das Liebhabertheater, Gelegenheitsverse, organisiert Feste, Theateraufführungen, Maskeraden und Bälle.

Mitten im Winter 1777 reist Goethe inkognito in den Harz. Er gibt vor, Maler zu sein, läßt sich Weber nennen, ist glücklich, daß er nicht erkannt wird. Diese Art zu reisen wie die einfachen Leute, die er in den Bauerngasthöfen trifft (oben, auf einem Stich des 18. Jahrhunderts), sagt ihm zu. Es kommt ihm vor, er sei Harun-al-Raschid. Er besteigt auch den Brocken, der im Volksglauben als Tummel- und Versammlungsplatz der Hexen bekannt ist und auch später im ‹Faust› eine Rolle spielt. Nur mit Mühe ist es Goethe gelungen, den Jagdhüter dazu zu bewegen, ihn durch den Schnee zu begleiten.

Auf der linken Seite: Eine Ansicht des Weimarer Schloßparks von G. M. Kraus, der auch der Schöpfer der Gemälde des Schlosses auf den vorhergehenden Seiten ist.

Die untenstehende Zeichnung von Lips von 1791 ist das letzte Bildnis des noch jugendlichen Goethe; der inzwischen geadelt worden war. 1782 hatte der Herzog vom Kaiser das Adelspatent für ihn erhalten, auch um ermüdende und komplizierte Protokollfragen zu umgehen. Zuvor hatte er nicht an der Tafel des Herzogs, die allein den Adligen vorbehalten blieb, speisen können.

Goethe ist unter anderem Präsident des Kriegsrats. Die Armee des Herzogtums bestand aus 532 Infanteristen, 8 Artilleristen und 30 Husaren. Goethe reduziert die Infanterie auf 293 Mann und schafft die Artillerie ab; doch die Husaren müssen bleiben, da sie unentbehrlich sind bei Festen, als Postillons, um Deserteure zu eskortieren oder um Steuern einzutreiben. Oben links: Eine Aushebungsuntersuchung der Rekruten (eine Zeichnung Goethes von 1779).

Links: Vier Stiche von Chodowiecki – der Fleischhauer, der Richter, der Kutscher, der Schuhmacher. Rechts: Drei Zeichnungen Goethes – oben: Ein Turm; darunter: Die Brücke über die Ilm mit dem Tor und dem Garten, in dem sein Häuschen stand; unten: Das Stützertal.
Rechte Seite oben: Corona Schröter. Darunter: Die Schauspielerin in der Rolle der Iphigenie und Goethe in der des Orest bei der Aufführung in Ettersberg.

In sechs Wochen entsteht ‹Iphigenie›

In Weimar leitet Goethe auch das Hoftheater. Er erinnert sich einer Schauspielerin, die er bereits als Student in Leipzig bewundert hatte. Es ist die schöne, sehr gebildete Corona Schröter. Sie ist nicht nur eine hervorragende Interpretin gereimter Werke der Schauspielbühne, sie singt auch, komponiert und zeichnet, spricht vier Sprachen, kleidet sich elegant. Goethe erzählt dem Herzog von ihr, und sie beschließen, sie zu engagieren. Ihr will er die Hauptrolle der ‹Iphigenie› übertragen, des Trauerspiels, das er sehr rasch, in knapp sechs Wochen, schreibt, während er, mit Besuchen und Inspektionen beschäftigt, im Herzogtum Weimar umherfährt. Goethe arbeitet an der ‹Iphigenie›, wenn der Wagen in diesem oder jenem Dorf hält, an einem Wirtshaustisch sitzend, wann immer eine Unterbrechung in der Ausübung seines Amtes eintritt. Nur seine Fähigkeit, für kurze Zeit alle Kräfte auf ein einziges Ziel zu konzentrieren, kann das Entstehen eines so erhabenen Werkes erklären.

Im Adel ihrer Personen, ganz Frieden, Reinheit und Glanz, ganz Vergeben und menschliches Verstehen, ist die ‹Iphigenie› eine Apotheose aller menschlichen Ideale. Goethe überarbeitet sie später noch einmal und überträgt sie in Verse, ohne jedoch größere Änderungen vorzunehmen. Inzwischen zeigt sich, daß die Anwesenheit Corona Schröters in der Begrenztheit Weimars unruhestiftend wirken muß. Sechs Monate vergehen mit Aufführungen, Bühnenproben, Festen, Spaziergängen zu dritt mit dem Herzog, Besuche der Künstlerin in Goethes Haus. Mißhelligkeiten und Zwist treten auf: Goethe ist eifersüchtig auf den Herzog; die Herzogin, die doch an die Seitensprünge ihres Gatten gewöhnt ist, macht ihm Vorwürfe; Charlotte von Stein bleibt ostentativ der Uraufführung der ‹Iphigenie› fern. In nicht einmal einer Woche ist die Aufführung, die in Ettersberg stattfindet, einstudiert worden. Goethe hat die Rolle des Orest übernommen, Pylades wird von Prinz Konstantin dargestellt. Bei den Wiederholungen tritt der Herzog an seine Stelle. Publikum ist der kleine Kreis des Weimarer Hofes. Zwei Vorstellungen finden zu Ehren auswärtiger Gäste statt. Nach dem Weimarer Aufenthalt verschwindet Corona Schröter aus Goethes Leben. Schiller begegnet später der vierzigjährigen, vergessenen Künstlerin und schreibt über die Verwüstung, die die Zeit an ihrem Gesicht und Körper angerichtet hat.

Der große Dichter wird Berater des Herzogs

Sechs Monate sind seit Goethes Ankunft in Weimar vergangen, als der Herzog ihn zum ‹Geheimen Legationsrat› ernennt mit einem Jahresgehalt von 1200 Talern, samt Nachzahlung für die verflossenen sechs Monate und der Zugabe eines Häuschens mit Garten. Während des Jahrzehnts von 1776 bis 1786 werden Goethes Regierungsaufgaben in dem kleinen Herzogtum nach und nach gewichtiger. Goethe ist de facto Minister, trägt jedoch nicht den Namen eines solchen, da Weimar eben nur ein Herzogtum ist. 1815 wird ihm auch der Titel des Amtes verliehen, als Weimar zur großherzoglichen Würde erhoben wird. (Doch zu diesem Zeitpunkt ist Goethe kein wirklicher Minister mehr, da er sich darauf beschränkt, persönlicher Berater des Herzogs zu sein.) Er befaßt sich mit der Außenpolitik, führt den Vorsitz bei den Kommissionen für Straßenbau, Kriegsfälle und Bergbau. Er versucht, Ordnung in die Finanzverwaltung zu bringen. Die Apanage, mit der der Herzog für Hofhaltung und Reisen auskommen muß, beträgt jährlich 25 000 Taler, gewiß keine märchenhafte Summe, die etwa dem entspricht, was ein junger Londoner Adliger der gleichen Zeit an einem Abend beim Spiel setzen und verlieren konnte. Ein Ausweg aus dieser Beschränktheit der Mittel sind Anleihen. Goethe und dem Herzog gelingt es, während einer gemeinsamen Reise in die Schweiz (1779) in Bern einen Leihvertrag über 50 000 Taler abzuschließen. Der Dichter des Sturm und Drang zeigt sich bei solchen Anlässen als ein vollendeter, ja in bezug auf Einhaltung der Formen pedantischer Bürokrat. Privat duzt er den Herzog, doch korrigiert er sorgfältig alle Schriftstücke, die an ‹Seine Hoheit Prinz und Herr Carl August› gerichtet sind, statt, wie vorgeschrieben, an ‹Seine Hoheit Prinz und Herr, Herrn Carl August›. Zu Pferde macht er lange Spazier- und Inspektionsritte (ihm zu Ehren wird ein Schimmel der herzoglichen Zucht auf den Namen ‹Poesie› getauft) in die vier Teile des Herzogtums Weimar: Eisenach, Jena, Ilmenau und natürlich Weimar, die jeweils über eine unabhängige Verwaltung verfügen. In Ilmenau stößt Goethe auf eine aufgegebene Silbermine und setzt sich dafür ein, sie wieder in Betrieb zu nehmen. In diesem Unterfangen spiegelt sich eine Liebe Goethes wider, der er stets treu bleiben sollte – die Leidenschaft zur Geologie. Doch die Silbermine verschlingt Gelder, die nicht wieder hereinkommen.

Der damals sehr beliebte Schattenriß war etwa das, was heute die Fotografie ist. Anstelle der teuren Miniatur war er die erste Gabe des Liebenden an die Geliebte, des Freundes an den Freund. Wir besitzen die Schattenrisse fast aller Zeitgenossen Goethes und der in seiner nächsten Umgebung Lebenden, selbst der Kinder und Hausangestellten.

Linke Seite: Die Herzogin im Park zu Weimar mit einigen Hofdamen; nebenstehend: Die herzogliche Familie während eines Besuchs in Gotha. Oben: Eine weitere Ansicht des Weimarer Parks von Georg Melchior Kraus.

Unten: Eine Ansicht der Sternbrücke. Für den Namen stand der älteste Teil des Parks Pate, der durch die Brücke mit dem Schloß verbunden wurde. Auch dieses Gemälde stammt von G. M. Kraus. Kraus kannte Goethe bereits aus der Zeit in Frankfurt, wo er nicht weit vom Elternhaus des Dichters am Hirschgraben aufgewachsen war. Er kam kurze Zeit vor Goethe nach Weimar und wurde Direktor der Zeichenakademie, die Herzog Carl August gegründet hatte. Von seiner Hand stammen eine große Zahl Drucke des Schlosses und Ansichten der Umgebung. Er starb am 5. November 1806, kurz nachdem französische Soldaten nach der Schlacht von Jena sein Haus geplündert hatten.

Liebe zu Charlotte von Stein

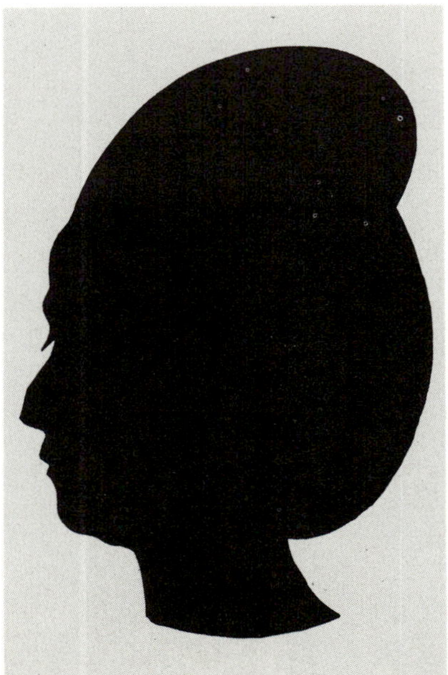

Die erste Begegnung Goethes mit Charlotte von Stein, deren Bild das erste Weimarer Jahrzehnt beherrscht, findet acht Tage nach seiner Ankunft statt. Sie kannten sich nicht, wußten jedoch voneinander. Ein gewisser Doktor Zimmermann hatte die Brücke geschlagen. Er hatte Goethe Monate zuvor einen Schattenriß der Dame zum Geschenk gemacht. Ihr hatte er die Worte wiederholt, die Goethe beim Betrachten ihres Profils ausgesprochen hatte: «Es wäre ein herrliches Schauspiel, zu sehen, wie die Welt sich in dieser Seele spiegelt.» Dies entspricht durchaus dem Stil der Zeit, der Galanterie des 18. Jahrhunderts. Goethe ist sechsundzwanzig Jahre alt, Frau von Stein dreiunddreißig. Als Tochter des Hofmarschalls von Schardt und einer schottischen Adligen wurde sie zweiundzwanzigjährig dem herzoglichen Stallmeister, Baron von Stein, verbunden, der neben einem guten Aussehen über Tüchtigkeit und Vermögen verfügt, als bester Reiter Weimars gilt und zu den begehrtesten Tänzern zählt. In elf Ehejahren hat Charlotte von Stein sieben Kinder geboren, von denen nur drei Söhne am Leben bleiben. Sie ist zierlich, hat schwarzes Haar und große dunkle Augen, doch ist sie nicht eigentlich schön, sondern eher das, was wir heute interessant nennen würden. Der Gatte ist häufig auf Reisen auf der Suche nach guten Pferden, und sie lebt zumeist zurückgezogen auf Schloß Kochberg. Die Neugier führt die beiden zusammen, die reifere Frau mit dem noch von jugendlicher Begeisterung glühenden Dichter. Und bald verbringt Goethe einen großen Teil seiner Tage bei ihr, schreibt in ihrem Hause, diktiert ihr seine Schriften, widmet ihr die erste handschriftliche Sammlung seiner Gedichte, übernimmt sogar Mentorstellung bei ihrem Sohn Fritz. Frau von Stein macht aus ihm, der gestern noch ein jugendlicher Rebell war, einen reifen Mann, gibt ihm Ruhe, erzieht und formt ihn. Sie übt auf Goethes Charakter den größten Einfluß aus, lenkt seine überströmende Leidenschaftlichkeit auf das Ziel harmonischer Schönheit hin. «Ich kann mir die Bedeutsamkeit – die Macht, die diese Frau über mich hat, anders nicht erklären als durch die Seelenwanderung», schreibt Goethe an Wieland und träumt davon, sie seien in einem früheren Leben Ehegatten gewesen. Welche Bedeutung diese Beziehung für Goethe hatte, zeigen vor allem die 1700 Billetts und Briefe, die er an Charlotte von Stein richtete.

Auf dieser Seite von links: Schattenriß der Herzogin-Mutter, des Herzogs und der Herzogin. Auf der linken Seite: Schattenriß Goethes, während er Fritz von Stein unterrichtet. Rechts daneben das Profil Charlottens. Sitz der Familie von Stein war das Schloß Groß-Kochberg (rechte Seite oben, auf einer Tuschfederzeichnung Goethes). Der Dichter verbrachte hier lange Stunden bei der geliebten Frau. Charlotte war gefühlsselig, aber nicht leidenschaftlich, elegant, jedoch etwas bläßlich und stets in Weiß gekleidet. In der ‹ Iphigenie › verschmolz Goethe einige ihr eigene Züge mit anderen Corona Schröters.

Aufbruch nach Italien

Goethe ist müde, alles wird ihm zur Last: die Regierungspflichten langweilen ihn, die Geliebte zeigt sich schwierig, mit den Freunden hat er gebrochen. Heimlich bereitet er seine Flucht vor. An Carl August richtet er eine Art Antrag auf unbefristeten Urlaub: er möchte sich in Gegenden verlieren, in denen er ein völlig Unbekannter ist. Es fällt nicht einmal der Name Italien. Allein sein Sekretär Philipp Seidel kennt seine Adresse und sein Pseudonym: Jean Philippe Möller, Maler. Am 3. September 1786, um drei Uhr morgens, besteigt er in Karlsbad die Postkutsche mit einer Tasche und einem Mantelsack. Doch macht er keine Ferien- oder Vergnügungsreise. Es wird für ihn eine Zeit, in der er neue Kräfte sammelt. Was ihn interessiert, ist Malen (er bringt über tausend Zeichnungen nach Hause), Schauen, die Augen mit Licht, Bildern, Neuem erfüllen. Er muß sich frei von materiellen und moralischen Pflichten und Bindungen fühlen – er will leben, die Sonne, die Landschaft, die Frauen genießen. Hinter seiner Flucht nach Italien steht das Verlangen nach dem Einfachen, dem Natürlichen. In Italien fühlt er sich zu Hause, als wäre er hier geboren und aufgewachsen. Hier verbringt er die unbeschwerteste, glücklichste Zeit seines Lebens. Seine ‹ Italienische Reise ›, die sich aus Briefausschnitten und Aufzeichnungen zusammensetzt, erscheint erst 1816.

« Sein Entwurf ist fertig. Ich soll in Lebensgröße, als Reisender, in einem weißen Mantel gehüllt, in freier Luft auf einem umgestürzten Obelisken sitzend, vorgestellt werden, die tief im Hintergrunde liegenden Ruinen der Campagna di Roma überschauend. Es gibt ein schönes Bild, nur zu groß für unsere nordischen Wohnungen. Ich werde wohl wieder dort unterkriechen, das Porträt aber wird keinen Platz finden. » ‹ Goethe in der römischen Campagna › ist der Titel dieses Gemäldes von Tischbein. Es wurde 1789 einem Deutschen verkauft, der in Neapel die Geschäfte eines dänischen Konsuls wahrnahm, und befindet sich heute im Städelschen Kunstinstitut in Frankfurt.

Auf der Reise nach Rom

Goethe hat den Brenner überschritten, ist durch Bozen und Trient gekommen und notiert: «Hier bin ich nun in Rovereto, wo die Sprache sich abschneidet; oben herein schwankt es noch immer vom Deutschen zum Italienischen. Wie froh bin ich, daß nunmehr die geliebte Sprache lebendig, die Sprache des Gebrauchs wird.» Unten: Zwei Zeichnungen Goethes, Rovereto und eine italienische Ideallandschaft. Goethe fährt zu Schiff nach Venedig (ganz unten: Der Hafen von Dolo auf einem Stich Canalettos) und berichtet: «Die Fahrt auf der Brenta mit dem öffentlichen Schiffe in gesitteter Gesellschaft, da die Italiener sich voreinander in acht nehmen, ist anständig und angenehm.» – «So stand es denn im Buche des Schicksals auf meinem Blatte geschrieben, daß ich 1786, den achtundzwanzigsten September abends, Venedig zum erstenmal erblicken sollte.»

Torbole: «Ich befinde mich nun wirklich in einem neuen Lande, in einer ganz fremden Umgebung. Die Menschen leben ein nachlässiges Schlaraffenleben.» *Malcesine:* «Keine Worte drücken die Anmut dieser so reich bewohnten Gegend aus... Die Herrlichkeit der neuen Gegend, die man beim Herabsteigen übersieht, kann durch Worte nicht dargestellt werden.» *Verona:* «In einem Lande, wo man des Tages genießt, besonders aber des Abends sich erfreut, ist es höchst bedeutend, wenn die Nacht einbricht. Doch was Tag sei, wissen wir Cimmerier kaum. In ewigem Nebel und Trübe ist es uns einerlei, ob es Tag oder Nacht ist, denn wieviel Zeit können wir uns unter freiem Himmel wahrhaft ergehen und ergötzen?» *Vicenza:* «Vor einigen Stunden bin ich hier angekommen, habe schon die Stadt durchlaufen, das Olympische Theater und die Gebäude des Palladio gesehen. Es ist wirklich etwas Göttliches in seinen Anlagen. Ich habe nun erst die zwei italienischen Städte gesehen und mit wenig Menschen gesprochen, aber ich kenne meine Italiener schon gut. Mir erscheinen die Italiener als eine recht gute Nation.» *Civita Castellana:* «Morgen abend also in Rom. Wenn dieser Wunsch erfüllt ist, was soll ich mir nachher wünschen?» *Rom:* «Verona, Vicenza, Padua, Venedig habe ich gut, Ferrara, Cento, Bologna flüchtig und Florenz kaum gesehen. Die Begierde, nach Rom zu kommen, war so groß, wuchs so sehr mit jedem Augenblicke, daß kein Bleibens mehr war und ich mich nur drei Stunden in Florenz aufhielt.»

«So ist denn auch, Gott sei Dank, Venedig mir kein bloßes Wort mehr; ich habe diese wunderbare Inselstadt, diese Biberrepublik, betreten und besucht... Nun endlich kann ich denn auch sagen, daß ich eine Komödie gesehen habe. Sie spielten heut' auf dem Theater St. Lukas ‹Le Baruffe Chiozzotte›. Das Stück ist noch von Goldoni, und da ich erst gestern in jener Gegend war und mir Stimmen und Betragen der See- und Hafenleute noch im Aug' und Ohr widerklang, so machte es gar große Freude.» Rechte Seite: Ein Gemälde von Francesco Guardi.

Neapel und Sizilien

Nach einem viermonatigen Aufenthalt in Rom setzt Goethe seine Reise nach Süden fort. Neapel ist die größte Stadt, die er in seinem Leben besucht, die einzige Weltstadt. Einmal nur begleitet er den Herzog für vier Tage nach Berlin; nie war er in Wien, nie in Paris. Neapel, damals von der dreifachen Größe Roms, wimmelt von Leben, in das Goethe sich begierig stürzt. «In so großer Gesellschaft und Bewegung fühl' ich mich erst recht still und einsam; je mehr die Straßen toben, desto ruhiger werd' ich.» Er nimmt auch am gesellschaftlichen Leben teil, dem er in Rom aus dem Wege gegangen war. Hier ist nicht mehr der Maler Möller auf der Reise, sondern Herr von Goethe. Unter anderem verkehrt er mit dem englischen Konsul in Neapel, Lord Hamilton, der – die schöne Lady Emma zur Seite – großartige Feste in seiner herrlichen Villa in Posilippo gibt. Diese Neigung zum gesellschaftlichen Umgang verläßt Goethe auch auf der Weiterreise nach Sizilien nicht, wo er Mutter und Schwester Cagliostros besucht und einen abenteuerlichen Ritt quer durch das Innere der Insel von Palermo nach Catania und Taormina unternimmt.
Nach einer stürmischen Überfahrt – dem Untergang des Schiffes vor Capri mit knapper Not entgangen – kehrt er nach Neapel zurück und von dort nach Rom, wo er noch fast ein ganzes Jahr bleibt.

In Neapel lernt Goethe einen der damals bekanntesten Maler kennen, J. P. Hakkert, von dessen Hand die linksstehende Ansicht Neapels ist. «Gewiß wäre der Neapolitaner ein anderer Mensch, wenn er sich nicht zwischen Gott und Satan eingeklemmt fühlte. Er lebt zwischen dem Paradies seines Meeres und der Hölle des Vesuvs» (oben links). Dreimal besteigt Goethe den Vulkan. «Am Fuße des steilen Hanges empfingen uns zwei Führer. Ein solcher Führer umgürtet sich mit einem ledernen Riemen, in welchen der Reisende greift und, hinaufwärts gezogen, sich an einem Stabe, auf seinen eigenen Füßen, desto leichter emporhilft.»

Tischbein, Freund und Reisegefährte Goethes bis Neapel, gibt auf obenstehender Zeichnung Goethe wieder, wie er ein ins Wasser gefallenes Pferd ans Ufer zieht. Zu Schiff erreicht er Palermo (oben Mitte). «Italien ohne Sizilien macht gar kein Bild in der Seele: hier ist erst der Schlüssel zu allem.»

Das Rom der Antike – ein entscheidendes Erlebnis

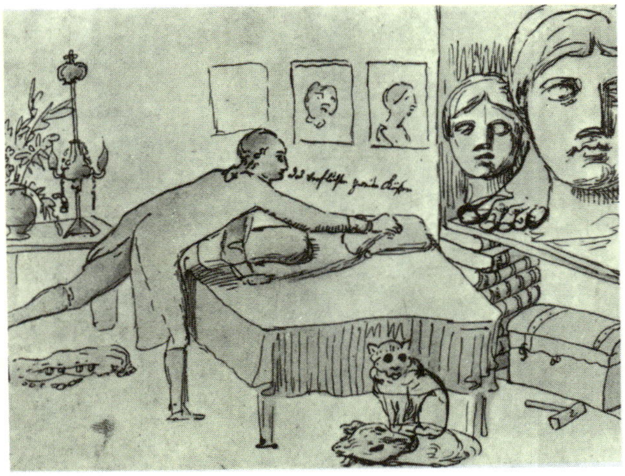

In Rom sieht Goethe alle seine Jugendträume verwirklicht, « nun bin ich hier und ruhig und, wie es scheint, auf mein ganzes Leben beruhigt ». Alles entspricht seiner Vorstellung und ist doch neu. Rom ist für ihn vor allem eine Stadt des Studiums, die hohe Schule der Kunst der Antike; weder hier noch irgendwo anders findet die Kunst des Mittelalters, der Romanik oder der Gotik, seine Beachtung. Er hat weder Giotto noch die Mosaiken von Venedig oder Monreale gesehen, und obwohl sein Vater Bernini so sehr bewundert hatte, vernachlässigt er das Barock. Die Antike ist ihm das Ideal, dem es nachzueifern gilt. In Assisi läßt er die Kirche des heiligen Franziskus absichtlich beiseite, um nur den « köstlichen Tempel der Minerva » zu besichtigen – das erste, noch vollständig erhaltene Denkmal der Antike, dem er begegnet. Den ersten griechischen Tempel sieht er in Paestum, wo er einen ganzen Tag auf dem Ruinenfeld verbringt; es folgen Segesta und Agrigent. In der Antike erblickt er die Verwirklichung alles dessen, was er im Individuum am höchsten achtet: Schönheit, Adel, Unabhängigkeit, Ausgeglichenheit. ‹ Klarheit › und ‹ Ruhe › sind von nun an die Leitbilder seines Lebens. Auch den Vorsatz, Maler zu werden, läßt er hier für immer fallen.

Einige Monate vor der Abreise aus Rom wird Goethe sich darüber klar, daß er allein für das Dichten geboren ist. Es ist kein Zufall, daß er gerade in Rom den Entwurf des ‹ Faust › und des ‹ Torquato Tasso › wieder vornimmt und die ‹ Iphigenie › in Jamben überträgt.

In der Abenddämmerung des 29. Oktober 1786 erreicht Goethe Rom durch die Porta del Popolo, wo der Corso beginnt, der schnurgerade zum Kapitol führt. Goethe kennt die Stadt gut von den Drucken im Elternhaus. Unten: Piazza del Popolo und der Corso während des Wettlaufs der Berber zu Karneval, auf einem Stich von 1783.
Goethe steigt in einem alten, bescheidenen Gasthof am Tiber ‹All'Orso› (Zum Bären) ab, wo zweihundert Jahre zuvor Montaigne gewohnt hatte, will jedoch nicht im Hotel leben. Tischbein, ein deutscher Maler, schlägt ihm vor, ein Zimmer in einem Hause zu beziehen, das er selbst mit anderen deutschen Künstlern bewohnt. Goethe folgt gern seinem Rat. Das Haus liegt am Corso in der Nähe des Palazzo Rondanini.
Gegenüberliegende Seite links: Goethe in seinem Zimmer, auf einer Zeichnung Tischbeins. Zur Gruppe der Freunde gehört auch Friedrich Bury. Von seiner Hand ist die Zeichnung links oben, die die ganze Gruppe mit Goethe gemeinsam im Freien arbeitend zeigt. Daneben: Eine der über tausend Zeichnungen des Dichters in Italien: Römische Villa bei Mondlicht.

Unten: Ein Aquarell des römischen Karnevals, den Goethe so lebendig schilderte. Rechte Seite oben: Maddalena Riggi, die schöne Mailänderin, der Goethe im Herbst 1787 in Castel Gandolfo begegnet. Es ist wie immer: die zweiundzwanzigjährige Schöne ist bereits verlobt, als Goethe sie kennenlernt, und er verzichtet. Am Ende der Italienreise mischt sich in den Abschied von Rom der Abschied von der schönen Mailänderin, die Giovanni Volpato, den Sohn eines berühmten Kupferstechers, heiratet. Er gehörte zum Kreis der Malerin Angelika Kauffmann, die das Porträt der Riggi und das Goethes (rechte Seite, Mitte links, neben ihrem Selbstporträt) ausführte. Angelika Kauffmann war ein Wunderkind und bereits berühmt, als sie sich in London mit einem Lakaien vermählte, der sich als großer Herr ausgab. Zum Glück starb er früh, und sie konnte den Maler Zucchi heiraten und in Rom ein glänzendes Leben in der Gesellschaft führen. Mit praktischem Verstand begabt, eröffnete sie mit ihrem Mann einen schwungvollen Kunsthandel.

Abschied von Italien

Unten wiederum eine Zeichnung Tischbeins: Goethe am Fenster seines Zimmers auf dem Corso. Über seinen Aufenthalt in Italien schreibt Goethe schließlich: « Wie moralisch heilsam ist mir es dann auch, unter einem ganz sinnlichen Volke zu leben, das jeder Fremde nach dem Maßstabe beurteilt, den er mitbringt. »

Rom stand damals hinter anderen italienischen Städten weit zurück, die Einwohnerzahl erreichte nur knapp 160000. Kaum ein Drittel des Geländes innerhalb der zur römischen Kaiserzeit errichteten Mauern war bewohnt. « Die Hauptstadt der Welt im Tibergrunde kommt einem wie ein altes, übelplaciertes Kloster vor », das ist Goethes Eindruck von Rom. Während dieses ruhigen römischen Lebens verkehrt Goethe hauptsächlich mit Angelika Kauffmann. Noch keine zehn Tage in Rom, hat er ihr bereits zweimal seine Aufwartung gemacht. « Die Unschätzbare » nennt er sie, die in London und Italien als größte Malerin der Zeit berühmte « Dichterin mit dem Pinsel ». In der ‹ Italienischen Reise › spricht Goethe nicht von Liebe. Nichts erfahren wir über eine Geliebte, die in seinen Gedichten unter dem Namen Faustina erscheint. Die Trennung von diesem heidnischen, unmittelbaren Leben wird ihm unendlich bitter. Um den Schmerz beim Verlassen der Stadt am 25. April 1788 auszudrücken, macht er die Sehnsucht Ovids im Exil, der Roms gedenkt, zu der seinen. Er sollte die Stadt nie wiedersehen. Die Heimreise vergeht im Flug: ein kurzer Aufenthalt in Florenz, in Mailand, wo er Leonardos Abendmahl besichtigt. Noch aus Konstanz schreibt er an Herder: « Ich weiß nicht, ob ich wache oder träume, da ich dir dieses schreibe. Es ist eine starke Prüfung, die über mich ergeht. » Ein Versuch, das Erlebnis Italiens zu wiederholen, mißglückt nach einem enttäuschenden Besuch Venedigs; ein drittes Mal kehrt er auf halbem Wege nach Weimar zurück.

Christiane Vulpius begegnet Goethe

Christiane Vulpius auf einigen Porträts. Rechte Seite: Mit dem Sohn August. Unten: Auf einem Stich von Lips. Mitte links: Eine Zeichnung Goethes. Daneben ein Porträt ihres Bruders Christian August, der durch den Roman des Räubers Rinaldo Rinaldini eine gewisse Berühmtheit erlangt hat. Auch Christianes Bruder lebt einige Zeit in dem Haus, das Goethe auf dem Frauenplan gemietet hat (ganz unten) und das ihm der Herzog zum Geschenk macht, bevor er zum Franzosenfeldzug aufbricht. In Weimar lebt Goethe abwechselnd entweder hier oder in dem Haus im Park. Manchmal wohnt er auch in Jena, wo er ein Junggesellenleben führt.

Von Italien aus hat Goethe in Briefen an den Herzog seine Stellung in Weimar geregelt. Bei der Rückkehr wird er von jeder Regierungspflicht frei sein. Immerhin behält er einen Sitz im Rat und sein Gehalt. Der Traum vom Malen ist vorüber, er wird Dichter, Schriftsteller, Gelehrter sein. Er ist erstaunt, daß man ihn bei der Rückkehr als einen Fremden aufnimmt. Neununddreißigjährig, isoliert, begegnet er im richtigen Augenblick einem dreiundzwanzigjährigen Mädchen – Christiane Vulpius. Sie nähert sich ihm im Park und überreicht ihm eine Bittschrift. Es handelt sich um ihren Bruder, der – Stütze der elternlosen Geschwister und schlechtbezahlter Sekretär eines Nürnberger Barons – auf die Straße gesetzt werden soll. Das nicht allzu große, hübsche brünette Mädchen mit einem frischen Mund, runden Wangen und einer niedrigen, zur Hälfte von herrlichen Haaren verdeckten Stirn arbeitet zusammen mit zwei Dutzend anderen am Ausschneiden und Nähen seidener Blumen für Kleider und Hüte. Goethe läßt sie in sein Häuschen im Park kommen. Sie wird seine Geliebte. Zu Beginn nennt er sie «Erotikon». Für alle anderen bleibt sie die Demoiselle Vulpius oder die Vulpia. In Weimar sprechen sich gewisse Dinge rasch herum. Der erste, der plaudert, ist der junge Fritz, der Sohn der Frau von Stein. Diese – fast fünfzigjährig und enttäuscht – ist nun entschieden indigniert. Es ist nicht mehr nur Eifersucht, es ist das Ende. Mit Frau von Stein entrüstet sich die gesamte Weimarer Gesellschaft. Doch Goethe kommt dieses Verhältnis gelegen. Es gibt ihm seine Lebensfreude und seine poetische Ader zurück. In den ‹Römischen Elegien›, an denen er jetzt schreibt, mischt sich Christianes Bild in italienische Liebeserinnerungen. Zu Weihnachten 1789 wird ein Sohn geboren, der erste von dreien (die späteren sterben kurz nach der Geburt); der Herzog hält ihn über die Taufe. Erst 1806 macht Goethe Christiane durch eine private Eheschließung zu seiner Frau. Die Witwe Schopenhauer, Mutter des Philosophen, ist die erste, die Christiane in Weimar ihr Haus öffnet. Andere folgen ihrem Beispiel. Früh rundlich geworden, wird Christiane Goethes ‹dicke Hälfte› genannt. Sie trinkt stark. Mit fünfzig Jahren stirbt sie an Urämie. Goethe, der in diesen Tagen an einem Katarrh erkrankt ist, steht ihr nicht bei. Nach fast dreißig Jahren gemeinsamen Lebens sieht er sie nicht einmal mehr als Tote.

Das von den Franzosen besetzte Mainz wurde von den Alliierten seit Ende April 1793 belagert. Neugierige kamen von weit her und zahlten wie die Bauern aus der Umgebung den Wachen ein Trinkgeld, um von den vordersten Reihen aus das Schauspiel der Beschießung der Stadt zu bewundern, die am 16. Juni begonnen worden war (unten: Ein zeitgenössischer Druck). Nebenstehend: Demonstrationen und Aufruhr unter den Studenten in Jena auf einem Stich von 1792. Auf dem Druck rechts: Die preußische Artillerie bei Valmy. Nach Beendigung der Schlacht zählten die Preußen 184 Tote und Verwundete, die Franzosen 150 Tote und 260 Verwundete. Die größten Verluste erlitten die Alliierten jedoch auf dem Rückzug durch Krankheiten.

Kanonade von Valmy

Goethe hat die Französische Revolution mit Schrekken vorausgesehen. Der Romantiker des ‹ Werther ›, der dazu beigetragen hatte, den neuen Zeiten den Weg zu ebnen, hat ein inneres Gleichgewicht erreicht, das er nicht in Frage gestellt sehen will. In seinem sinnenhaften Realismus mißtraut er im übrigen allen abstrakten Ideen von Gleichheit, Freiheit, Brüderlichkeit. Auch er kämpfte für die Freiheit, doch für die des Geistes und der Moral, während er gegenüber jeder politischen Begeisterung allergisch war, ob diese nun einen nationalistischen, kriegerischen oder revolutionären Anstrich trug. « Das wahre Studium der Menschheit ist der Mensch », sagt er. Und auf ihn zielt er ab, ihn will er mit den Waffen der Vernunft und der Erkenntnis retten. Das Volk begreift er aus der direkten Berührung, die Menge dagegen ist ihm verhaßt. Doch auch gegen seinen Willen wird er in die Ereignisse der Geschichte verwickelt. Der Herzog, der den Befehl über ein preußisches Kavallerieregiment übernommen hat, fordert ihn auf, ihm ins Lager von Praucourt bei Longwy zu folgen. Goethe reist im August 1792. In Frankfurt sieht er nach dreizehn Jahren seine Mutter wieder. Dann ist er in Valmy: « Von hier und heute geht eine neue Epoche der Weltgeschichte aus, und ihr könnt sagen, ihr seid dabeigewesen. » Auch wenn dies nicht genau die Worte sein sollten, die er am Abend des 20. September 1792 aussprach (die ‹ Kampagne in Frankreich › wurde 1821 anhand von Aufzeichnungen und Tagebüchern anderer verfaßt), so waren sie es doch sinngemäß. Der Rückzug wird durch Epidemien zu einer Katastrophe. Goethe reist in der sechsspännigen Küchenkutsche des Herzogs. Nach verschiedenen Unterbrechungen, unter anderem in Düsseldorf, wo Goethe seine Kriegs- und Reisetagebücher verbrannt hat, kehrt er kurz vor Weihnachten nach Weimar zurück. Ende Mai 1793 ist er wieder beim Herzog und seinen Truppen. Das belagerte Mainz kapituliert im Juli. Franzosen und ‹ Klubbisten ›, die damaligen Kollaborateure, ziehen ab. Goethe rettet einen von ihnen vor der Lynchjustiz. Und dem Freund Gore, der ihm vorstellt, daß es für ihn auch zum Schlechten hätte ausgehen können, antwortet er: « Mag auch jener den Besitz nicht verdienen, den er wohlbehaglich fortgeschleppt hat. Es liegt nun einmal in meiner Natur, ich will lieber eine Ungerechtigkeit begehen als Unordnung ertragen. »

Nebenstehend: Der Brand Frankfurts, von unbekannter Hand. Links unten: Kaiserliche und Franzosen kämpfen am Frankfurter Bornheimer Tor am 22. April 1797. Rechts: Eine Ansicht von Mainz nach der Belagerung, nach einem Gemälde von G. M. Kraus, einem Bekannten Goethes, der den Truppen als Maler folgte.

Seit den ersten chemischen Experimenten, die er als Knabe machte, seit den Medizinvorlesungen an der Universität, seit seinen Botanik- und Geologiestudien hatte Goethe das Verlangen nach wissenschaftlicher Erkenntnis nicht mehr verlassen. 1784 hatte er eine begeisternde Entdeckung gemacht: die des Zwischenkieferknochens im menschlichen Schädel – nicht als unabhängiger Knochen, sondern durch eine dünne Naht mit dem Oberkiefer verbunden. Damals war man überzeugt gewesen, er existiere nur bei Tieren. Aus Kassel hat er sich für seine Untersuchungen den Schädel eines Elefanten kommen lassen; er versteckt ihn in einer Kiste, vorgebend, darin Porzellan aufzubewahren. Er fürchtet, von der Haushälterin für verrückt erklärt zu werden. Während der italienischen Reise kommt ihm in den botanischen Gärten von Padua und Palermo die Idee der Urpflanze: « Alles ist Blatt. Und durch diese Einfachheit wird die größte Mannigfaltigkeit möglich. » So schreibt er 1790 in der ‹ Metamorphose der Pflanzen. › Im gleichen Jahr erklärt er während eines Ausflugs an den Lido von Venedig und eines Besuchs des dortigen jüdischen Friedhofs einem Bedienten, der ihm einen Schädel bringt, daß es sich um den eines Schafbocks handele. Eine neue Intuition: Der Schädelknochen ist eine Umwandlung der Wirbelsäule. In der Natur, die keine Sprünge macht, ist eines mit dem anderen verbunden. So steht Goethe an der Spitze der Evolutionstheorien, ein Darwinist ‹ ante literam ›. Auch die Optik reizt ihn, aber hier gründen sich seine Untersuchungen zu sehr auf illusorische und zu wenig auf mathematische Berechnungen, die nicht seine Stärke sind. Seine Thesen veröffentlicht er 1791 als ‹ Beiträge zur Optik ›. Und als Newton durch das Spektrum das Licht in Farben zerlegt, rebelliert der ‹ optische › Mensch in Goethe. Nein, das Licht ist ein Unteilbares, « das einfachste und homogenste Wesen, das wir kennen. » Als Mann der Synthese und der Harmonie, für den die Farben rein ästhetischen Wert haben, protestiert er gegen Newtons ‹ Gespensterspektrum ›. 1810 veröffentlicht er die ‹ Farbenlehre ›, 1820 schließlich die ‹ Metamorphose der Tiere › als Ergänzung der ersten ‹Metamorphose›. Er will die Entstehung der Mannigfaltigkeit der Formen darstellen, die sich aus beständiger Mutation und Selbstverwandlung bilden, ausgehend von einer einfachen, gemeinsamen Urform.

Während viele andere flohen, blieb Goethes Mutter in jenen Jahren der Wirren in Frankfurt. Als Witwe, allein und durch Requisitionen belästigt, hatte sie 1795 das Haus am Hirschgraben verkauft und bewohnte ein Stockwerk eines Hauses am Roßmarkt. Sie bewahrte stets Haltung. «Ich wollte nur, alle diese gräßlichen Feiglinge gingen fort, so würden sie die anderen nicht anstecken.»

Freundschaft mit Schiller

Links: Schiller und seine Frau Charlotte; unten: Ihr Haus in Jena auf einer Zeichnung Goethes. Der Dichter, der sich fast im Wissenschaftlichen verloren hätte, findet in Friedrich Schiller den Menschen, der ihn anhört, anregt, anspornt. In der Bewunderung des Altertums begegnen sich Goethe, der von den Eindrücken des Sehens beherrschte und vom Erleben geformte Mensch, und Schiller, der Mensch der Ideen und Abstraktionen. Das edle Menschheitsideal der Griechen bietet ihnen das Bild der Vollkommenheit. Schiller adaptiert ‹ Egmont › und ‹Iphigenie› für die Bühne. Goethe läßt Schillers Wallensteintrilogie und den ‹Wilhelm Tell› aufführen (Farbige Abbildungen: Zwei Szenen aus diesen Werken).

Schiller, der Dichter der ‹ Räuber ›, des ‹ Fiesco › und des ‹ Don Carlos ›, kommt 1787, große Hoffnungen auf den ‹ Musenhof › setzend, nach Weimar, wird jedoch grausam enttäuscht. Herder ist zwar liebenswürdig, hat aber nicht eine Zeile von ihm gelesen. Und was Goethe betrifft, « dieser Mensch ist mir einmal im Wege, und er erinnert mich so oft, daß das Schicksal mich hart behandelt hat ». Kaum in Weimar angekommen, hat er bitter vermerkt: « Er verzehrt in Italien für Nichtstun eine Besoldung von 1800 Talern, und die anderen müssen für die Hälfte des Geldes doppelte Lasten tragen. » Teils, um ihm einen Dienst zu erweisen, teils, um ihn loszuwerden, läßt Goethe ihn 1789 an die Universität Jena berufen. Schiller trägt sich mit der Idee einer Zeitschrift – ‹ Die Horen ›. Sie ist die Brücke, über die sich Goethe und Schiller nach sieben Jahren näherkommen. Goethe ist bereit, « mit Freuden und von ganzem Herzen von der Gesellschaft zu sein », doch die langen Diskussionen zwischen ihm und Schiller in den Spalten der Zeitschrift langweilen den Leser. Die Zeitschrift hat keinen Erfolg. Nun beginnen sie nach antikem Vorbild eine Reihe von Epigrammen, die ‹ Xenien ›. Sie sind durch eine seltsame Freundschaft verbunden, der alles Vertrauliche fehlt. Und doch ist sie für Goethe von außerordentlichem Nutzen. In der Lebensmitte findet er unter Schillers Einfluß wieder Geschmack an der literarischen Produktion. Er arbeitet am ‹ Faust ›, beendet ‹ Wilhelm Meisters Lehrjahre › und nimmt ‹ Hermann und Dorothea › wieder auf. Die 1797 vor dem Hintergrund der Französischen Revolution spielende Idylle findet eine aufnahmebereite Leserschaft.

Begegnung mit Napoleon

Unten: Preußische Gefangene nach der Schlacht von Jena. Goethe, der aus einer freien Stadt stammt und im Dienst eines kleinen absoluten Monarchen steht, fürchtet all das zu verlieren, was er sich in Weimar geschaffen hat. Er ist der Ansicht, der Zusammenbruch der alten Lebensformen, denen er sich verhaftet fühlt, würde auch den Verlust seiner Stellung und seines Vermögens nach sich ziehen.

Gegen Goethes Rat schlägt sich der Herzog auf die Seite Preußens, und das Schloß füllt sich mit Offizieren des Hauptquartiers. Goethe kehrt am 6. Oktober 1806 aus Jena nach Weimar zurück. Am 14. ist der Kanonendonner der Schlacht von Jena zu hören. Die preußischen Truppen kommen auf der Flucht nach Erfurt durch Weimar. Nach einer Atempause von einer Stunde erscheinen die Franzosen. Goethe begibt sich aufs Schloß, wo die Herzogin allein zurückgeblieben ist, und läßt Nachricht an seine Familie geben, es sei nichts zu befürchten. Vor den plündernden Soldaten zieht Goethe sich ins obere Stockwerk seines Hauses zurück. Zwei Tireurs, denen das Biwak im Freien nicht behagt, fordern Einlaß, fragen nach dem Hausherrn. Goethe, den sein Sekretär Riemer geweckt hat, tritt ihnen entgegen, bietet zu trinken an und will wieder hinaufgehen. Doch die beiden Soldaten wollen ihr Teil an der Plünderung, sie folgen ihm und bedrohen ihn. Christiane wirft sich dazwischen und stößt sie zurück. Am nächsten Tag steht eine Wache vor dem Tor. Goethe wohnt dem Zusammenbruch jener Welt bei, die ihm die beständige Entfaltung seiner Gaben ermöglicht hatte. Heimlich schließt er am 19. Oktober die Ehe mit Christiane, doch die Ringe tragen das Datum des 14., des Tages der Schlacht von Jena. Zeugen sind sein siebzehnjähriger Sohn August und Riemer. Es ist nicht nur eine Anerkennung für Christianes Mut, sondern fast ein Bestätigen der traditionellen Werte inmitten ihrer Auflösung. Seine Lebensweise ändert Goethe jedoch nicht. Im Hause des ihm befreundeten Buchhändlers Fromman faßt der nun fast Sechzigjährige eine

zärtliche Neigung zu der achtzehnjährigen Minna Herzlieb. Sie wird der Anlaß zu dem Roman ‹ Die Wahlverwandtschaften ›, dem so häufig falsch ausgelegten Werk, einem der christlichsten, die Goethe schrieb. Ein Paar, das eher, um ein altes Versprechen zu halten, als aus wahrer Liebe verheiratet ist, fühlt sich von einem anderen Paar angezogen, der jungen Ottilie und einem Major. Die Unglücksfälle, die sich hieraus ergeben, lassen die vier verzichten.

Während des Kongresses zu Erfurt wird Goethe am 2. Oktober 1808 zur Audienz bei Napoleon befohlen. « Voilà un homme ! » empfängt ihn Napoleon. Er spricht mit ihm über den ‹ Werther ›, den er wenigstens siebenmal gelesen habe. « Kommen Sie nach Paris », mit dieser Einladung wird Goethe entlassen.

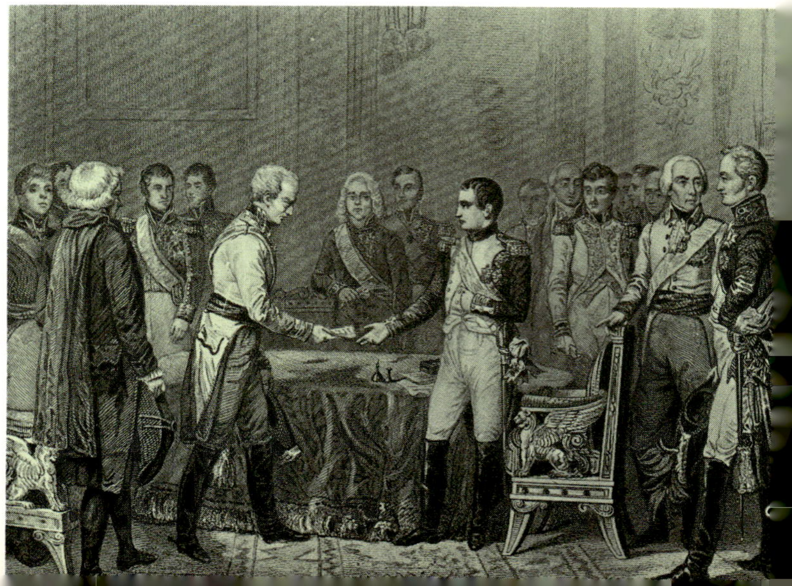

Während der Erfurter Konferenz 1808 (linke Seite unten) lädt Herzog Carl August am 6. Oktober Napoleon, den Zaren und die übrigen Monarchen zu einer Hirschjagd nach Ettersberg in der Nähe Weimars ein (unten rechts). Dem kurzsichtigen Zaren wird ein Hirsch bis auf fünf Meter vor die Büchse getrieben. Im Schloß schließt sich ein großer Ball an. Napoleon unterhält sich mit Wieland und mit Goethe (nebenstehend, linke Seite). Der Kongreß endet mit einer Ordensverteilung. Auch Herr von Goethe erhält das Kreuz der Ehrenlegion. Jahre später verleiht ihm Ludwig XVIII. das goldene Kreuz des gleichen Ordens.

Oben: Wilhelmine Herzlieb, zu der Goethe eine zärtliche Zuneigung hegte. Sie heiratete einen Professor und kam später nervenkrank in ein Pflegeheim. Oben rechts: Goethe auf einem Gemälde Heinrich Christoph Kolbes. Unter den Orden sticht die französische Rosette hervor. Es ist ein weniger feierliches Porträt als andere von Kolbes Hand, der im Mai 1822 fast jeden Tag bei dem Dichter speiste. Nach Tisch begannen die Sitzungen.

Am 16. August 1814 wird die wiederaufgebaute Sankt-Rochus-Kapelle zu Bingen am Rhein eingeweiht (unten). Goethe nimmt an der Prozession teil, mischt sich unter die Pilger; es ist einer jener seltenen Augenblicke, in denen er sich entspannt und fröhlich unter dem Volk bewegt. Zwei Jahre später stiftet er ein Gemälde des heiligen Rochus für den Altar. Mitte: Die Ruinen des Heidelberger Schlosses auf einer Zeichnung Goethes. Auf der gegenüberliegenden Seite unten: Das Heidelberger Schloß auf einem Gemälde von Georg August Wallis von 1812. Der englische Maler Wallis war auf der Rückkehr aus Italien durch Heidelberg gekommen, und vom Zauber der Stadt erfaßt, wollte er sie nicht mehr verlassen.

‹Westöstlicher Diwan›

In seinem Leben scheint Goethe die äußere Realität spontan entgegenzukommen, in vollem Einklang mit seinem Geiste. Im Alter von fünfundsechzig Jahren fühlt er, auf der Reise zu einer Thermalkur, « die Seele voller Lieder wie die Kehle der Vögel » und singt sich selbst zu: « Sind gleich die Haare weiß, doch wirst du lieben! ». Er liebt Marianne von Willemer und wird wiedergeliebt.

1814 reiste Goethe in einer Kutsche, die er sein « Fahrhäuschen » nannte, durch das Rheinland. In Wiesbaden suchte ihn ein alter Freund auf, der fünfundvierzigjährige Bankier Willemer, in Begleitung einer schönen, etwa dreißigjährigen, rundlichen, sehr lebhaften Frau mit einem blühenden Mund und blitzenden schwarzen Augen unter den dicht in die Stirn fallenden, pechschwarzen Locken. Sie war Österreicherin, Tochter einer Schauspielerin und selbst Schauspielerin. Der Bankier und Senator Willemer, zweifacher Witwer und Vater von vier Töchtern, hatte sie in sein Haus aufgenommen, um sie, wie es scheint, vor den Unbilden der Welt zu schützen; er gab ihr eine Erziehung, und nach vierzehn Jahren gemeinsamen Lebens heiratete er sie.

Die erste Begegnung mit Goethe ist flüchtig. Goethe setzt seine Reise fort, macht Ausflüge nach Bingen und Heidelberg, besucht die Willemers von neuem im Oktober und verspricht wiederzukommen. Er beginnt, Gedichte für Marianne, die er Suleika nennt, zu schreiben, während er selbst zuerst Hafis ist, nach dem Namen des persischen Dichters, dessen ‹Diwan› kurz zuvor in deutscher Übersetzung erschienen ist. Später nennt er sich Hatem. Es kommt in Abständen zu neuen Begegnungen. Im August 1815 ist Goethe Gast der Willemers in der Gerbermühle, der Villa des Bankiers an der Straße nach Offenbach. Nach einem Aufenthalt im Stadthaus kehrt er am Vorabend der Abreise nach Heidelberg in die Gerbermühle zurück. Marianne und ihr Gatte folgen ihm fünf Tage später nach Heidelberg. Es ist ihre letzte Begegnung. Marianne-Suleika und Goethe-Hatem werden sich nicht wiedersehen. Aus ihrem Briefwechsel und den zwischen ihnen ausgetauschten Liedern entsteht die Dichtung des ‹Westöstlichen Diwans›, die höchste Höhen der Lyrik erreicht. An dieser Liebe verbrannte die arme Suleika, deren schöne Verse im ‹Diwan› man lange Goethe zuschrieb, sich die Flügel.

Nebenstehend: Marianne von Willemer. Rechte Seite oben: Eine Ansicht Wiesbadens, wohin Goethe sich im Sommer 1814 und 1815 zur Thermalkur begibt. Hier begegnet er am 4. August 1814 Marianne. Von Wiesbaden aus macht er zahlreiche Ausflüge bis nach Mainz und Köln, vor allem aber ins heimatliche Frankfurt.

Bettina Brentano besucht Goethe

1807 kommt die zweiundzwanzigjährige Bettina Brentano nach Weimar. Ihre Mutter war Maimiliane Brentano, jene Laroche, die Goethes ‹ Werther › inspirierte. Noch fast ein Kind, hatte Bettina in Frankfurt Goethe und dessen Mutter kennengelernt. Zu deren Füßen sitzend hatte sie ihren Erzählungen von des Dichters Jugend gelauscht und diese Erinnerungen, die später verlorengingen, auf dem Papier festgehalten. Sie ist brünett, hat italienische Züge, eine feine Nase und wird Vorkämpferin der Emanzipation der Frau. In Goethe ist sie verliebt und verbirgt dies keineswegs. Auf einer Kunstausstellung in Weimar gerät sie mit Christiane in Streit. Ihr Gatte, Achim von Arnim, muß dazwischentreten und sie fortführen. Erst nach Christianes Tod empfängt der Dichter Bettina manchmal, jedoch nur zögernd, da er weiß, wie stürmisch und zudringlich sie ist. Einen großen Teil dessen, was sie ihm erzählt, verwendet Goethe in seiner Autobiographie ‹ Dichtung und Wahrheit ›, aus der er nicht nur seine Lebensbeschreibung, sondern ein Kunstwerk machen will. Ein zu weit gefaßter Rahmen birgt gewisse Gefahren, auch die Rücksichtnahme gegenüber noch Lebenden aus dem Weimarer Kreis läßt ihn das Werk mit der Abreise aus Frankfurt beschließen. Dies hat den Vorteil, daß sein Leben sich bis zu diesem Augenblick aufwärtsentwickelte. Das Schicksal war ihm günstig, alles tritt im richtigen Augenblick ein: die erste Liebe, der erste Schmerz, der erste Erfolg. Wenn gesagt worden ist, Goethes Leben sei sein größtes Kunstwerk gewesen, so hat er selbst dieses Bild für die Nachwelt geprägt. « Ein Faktum unseres Lebens gilt nicht, insofern es wahr ist, sondern insofern es etwas zu bedeuten hatte », sagt er, um den Titel seiner Mitteilungen ‹ Aus meinem Leben, Dichtung und Wahrheit › zu rechtfertigen. « Was den freilich paradoxen Titel der Vertraulichkeiten aus meinem Leben Wahrheit und Dichtung betrifft, so ward derselbige durch die Erfahrung veranlaßt, daß das Publikum immer an der Wahrhaftigkeit solcher biographischen Versuche einigen Zweifel hege. Diesem zu begegnen, bekannte ich mich zu einer Art von Fiktion, gewissermaßen ohne Not, durch einen gewissen Widerspruchsgeist getrieben, denn es war mein ernstestes Bestreben, das eigentliche Grundwahre, das, insofern ich es einsah, in meinem Leben obgewaltet hatte, möglichst darzustellen und auszudrücken. »

Goethes Frau ist voller Mißtrauen gegen Bettina Brentano (obenstehende Abbildung), deren Dialekt sie kaum versteht, doch um so besser die begehrlichen Blicke. Auf der Reise nach Weimar hatte Bettina unverhüllt erklärt: « Von Goethe muß ich um jeden Preis ein Kind haben: es muß ein Halbgott werden. » Der Satz mag nicht wörtlich stimmen, doch nach dem letzten Besuch Bettinas schreibt der einundachtzigjährige Goethe in sein Tagebuch: « Frau von Arnims Zudringlichkeit abgewiesen. » Nach einer Szene mit Christiane prägt Bettina das Wort: « Eine tollwütige Blutwurst hat mich gebissen », und findet Zustimmung bei all denen, die sich in Weimar über die verblühte Frau Goethes lustig machen.

Linke Seite: Musikalische Soiree im Hause der alten Bettina, Gemälde von Carl Arnold, einem Schüler Menzels.

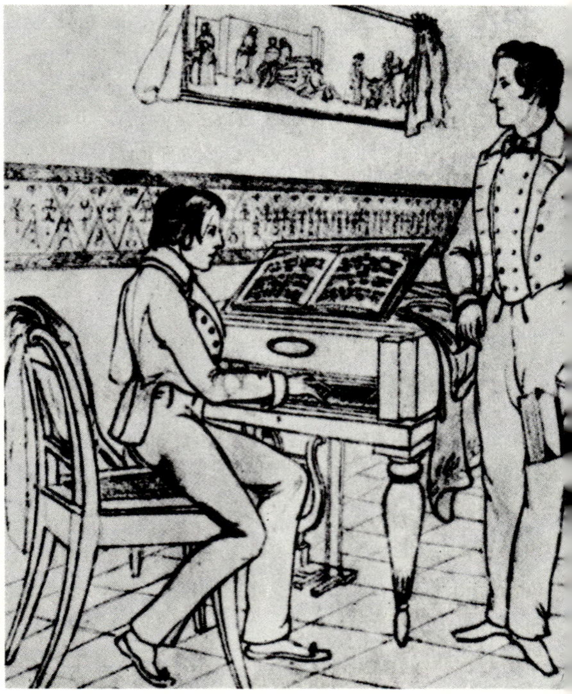

Goethes Sohn August stirbt in Rom

Obwohl Goethes Werke reich an pädagogischen Absichten und Überlegungen sind, kann man nicht sagen, daß diese ihm bei der Ausübung seiner Vaterpflichten sehr zustatten gekommen wären. Sein Sohn August wuchs fast völlig auf sich selbst verwiesen heran. In Weimar war er nicht gern gesehen, er war und blieb «der Sohn der Vulpius». Goethe zögerte übrigens lange, den Sohn und die Frau, die ihn geboren hatte, bei seiner alten Mutter in Frankfurt vorzustellen. Erst als August sieben Jahre alt war, fühlte er sich hierzu getrieben. Mit achtzehn Jahren unterbrach August seine Reise nach Heidelberg, wo er die Universität besuchte (es sollten seine schönsten Jahre sein), in Frankfurt, und dieses Mal blieb er allein einige Wochen bei der alten Großmutter, die wenig später, am 13. September 1808, starb.
Wieder in Weimar, wo Goethe ihn zum Kammerrat des Herzogs ernennen läßt (in Wirklichkeit ist er Verwalter und Sekretär des Vaters), erweist August sich als träge, sinnlich und dem Trunke zugetan. Der Vater sucht ihm eine Frau. Er wählt die Tochter einer Hofdame, einer geborenen Gräfin Henckels, der geschiedenen Frau eines preußischen Offiziers, der zu unbemittelt war, um den so edler Herkunft entsprechenden Lebensstil gewährleisten zu können. Die Verlobte Augusts, Ottilie von Pogwisch, sieht in Goethe den Vater, der ihr stets gefehlt hat. Der zukünftigen Schwiegertochter erscheint Goethes Sohn als eine gute Partie, vorausgesetzt, die Heirat findet erst nach dem Tode der Vulpius statt. Und so geschieht es auch; 1817 zieht Ottilie als die neue Frau des Hauses ein, gefolgt von ihrer Schwester Ulrike. Aus der Ehe gehen zwei Söhne hervor, die Freude des Großvaters. Zehn Jahre später wird auch eine Tochter, Alma, geboren, die jedoch im Alter von siebzehn Jahren stirbt. Inzwischen zeigt sich die Ehe Augusts mit Ottilie als ein Fehlschlag. Um zu retten, was zu retten ist, schickt Goethe den Sohn auf eine Reise nach Italien, in Begleitung des treuen Eckermann, der ihm jedoch nur bis Genua folgt. Am 22. April 1830 war August abgereist, am 10. November trifft in Weimar die Nachricht aus Rom ein, daß August Goethe dort in der Nacht zum 27. Oktober nach einem plötzlichen Fieberanfall gestorben ist. « Non ignoravi, me mortalem genuisse », ist der spärliche Nekrolog Goethes auf den Tod des Sohnes. Seinen Schmerz spricht er nicht aus.

Oben: Goethes Sohn August. Er starb in Rom und wurde auf dem protestantischen Friedhof bei der Cestiuspyramide an der Porta San Paolo begraben. Darüber: Die Cestiuspyramide auf einem Gemälde Hackerts; ganz links: Dieselbe Pyramide auf einer Zeichnung Goethes. Nebenstehend: Die beiden Enkel des Dichters im Jünglingsalter.

Oben: Goethes Schwiegertochter Ottilie von Pogwisch mit ihren drei Kindern (von oben nach unten): Wolfgang Maximilian, Walther und Alma. Walther besaß eine musikalische Begabung, war jedoch nicht erfolgreich. Wolfgang blieb, wie sein Bruder, Junggeselle und starb nervenkrank, wie dieser, in Leipzig. Alma starb, kaum dem Mädchenalter entwachsen.

Johann Peter Eckermann (unten) ist der treue Beistand des alten Goethe. Friedrich Wilhelm Riemer (ganz unten) dagegen wurde von Goethe als Lehrer für den vierzehnjährigen Sohn eingestellt, doch berät er sich mit ihm in allen wichtigen Fragen. In seinem Testament vertraut Goethe diesen beiden Männern die Ausgabe seiner nachgelassenen Werke an.

Gespräche mit Eckermann

Das letzte, was Goethe der Welt mitzuteilen hat, sind die Gespräche mit Eckermann, der seit 1823 Zeuge seines Lebens ist. In sicherer Intuition erkennt Goethe in dem Einunddreißigjährigen den ihm ergebenen, treuen Menschen und bindet ihn für die Herausgabe des Gesamtwerks an sich. Aus den täglichen Gesprächen über die verschiedensten Themen notiert Eckermann, wenn auch mit Varianten und Zusätzen, kostbare Gedankengänge, die sonst verloren wären. Als Sohn eines fahrenden Händlers hatte er erst im Alter von vierzehn Jahren das Schreiben gelernt. Nachdem er eine Stellung als Schreiber gefunden hatte, besuchte er drei Semester lang die Universität Göttingen. Als die Universität Jena Goethe zu seinem fünfzigjährigen Dienstjubiläum zwei unausgefüllte Doktordiplome zu seiner freien Verfügung überreicht, verleiht er eines Eckermann.

Goethe hat bereits drei Sekretäre: den Studenten John, einen Freund seines Sohnes August, Theodor Kräuter aus Weimar – er ist der beste und wird mit Bestellungen und Ankäufen bei Versteigerungen und mit der Wartung der Bibliothek beauftragt, und Schuchardt, der die Kataloge der Sammlungen erstellt. Die wichtigste Persönlichkeit ist der frühere Erzieher im Hause Humboldt, der für Goethes Sohn August eingestellt wurde, Doktor Riemer. Rasch wird er zum Chef des Protokolls in Goethes Haus auf dem Frauenplan, das einem Hof immer ähnlicher wird. Nach dem Tod der Schriftsteller der alten Generation – Wieland, Schiller, Herder, Lavater – regiert Goethe als der einzige Überlebende einer Zeit, die für die Jugend bereits Geschichte ist. Viele, die zu ihm pilgern, sind enttäuscht. Er sagt kaum ein Wort außer einem lakonischen «hm, hm». Treu seiner Maxime, aus allem das Beste zu machen, hört er lieber den anderen zu. Eines Abends läßt er aus Jena einen Grubenrat kommen, um mit ihm zu sprechen. Der Gast trifft bei seiner Ankunft Goethe, Riemer und Eckermann um einen Tisch sitzend an, jeder eine Flasche Wein vor sich, in die Betrachtung einiger Steine versunken. «Steine sind stumme Lehrer, sie machen den Beobachter stumm, und das Beste, was man von ihnen lernt, ist nicht mitzuteilen.» Leise sagt Riemer zu dem Grubenrat: «Exzellenz denkt.» Um zehn Uhr erhebt Goethe sich und verabschiedet sich mit den gewohnten Worten «Wünsche den Freunden gute Nacht.»

Zur Fünfzigjahrfeier der Regierung Carl Augusts hatte auch Goethe sein Haus am Frauenplan (nebenstehend) festlich geschmückt. Während des Wiener Kongresses war das Herzogtum Sachsen-Weimar zum Großherzogtum erhoben worden; Carl August konnte sich jetzt ‹Königliche Hoheit› nennen. Das Land war fast um ein Drittel vergrößert worden; die Stadt zählte zehntausend Einwohner. Entscheidend war, daß der Erbe des Herzogtums sich mit einer Tochter des Zaren vermählt hatte.

Unten: Goethe bei der Arbeit mit seinem Sekretär. Er diktierte so sicher, als läse er aus einem Buche ab, im Stehen oder auf- und abgehend, die Hände stets in seiner Lieblingshaltung auf dem Rücken verschränkt.

Goethe und Carl August sind alt geworden (rechte Seite). Der populärste Stich des alten Herzogs (ganz rechts) stammt aus dem Jahre 1824 von Schwerdgeburth, der ihn im Weimarer Park abbildet. Vom gleichen Autor ist auch der untenstehende Druck: Carl August kehrt von der Jagd zurück, so wie die Weimarer ihren Herzog unzählige Male sahen.

Karoline Jagemann (nebenstehend) war seit 1797 Mitglied des Weimarer Theaters, dessen Leitung Goethe 1791 übernommen hatte. Ihr intimes Verhältnis zum Herzog, dem sie zwei Kinder gebar, verlieh ihr einen Einfluß, der Goethes Arbeit oft erschwerte. Vor ihren Intrigen kapitulierte der Dichter und legte die Leitung des Theaters im April 1817 nieder.

Alles war ihm Anlaß, Anreiz...

Vielleicht ist kein Leben so bis in die kleinsten, unbedeutendsten Episoden bekannt wie das Goethes. Von ihm wissen wir alles: durch seine Werke, die 63 großformatige Bände füllen, die Tagebücher und Briefe – 143 Bände insgesamt – und die Schriften, die sich mit ihm beschäftigen. Doch in Wirklichkeit war Goethe rasch jener Kleinigkeiten überdrüssig, denen er im täglichen Leben solche Bedeutung beimaß. Diese Dinge ließ er, der zum Herrschen, zum scharfsinnigen Überschauen geboren war, durch andere erledigen. Auch die Ministertätigkeit war ihm kaum etwas anderes als die Gelegenheit, neue Erfahrungen zu sammeln. Alles war ihm Anlaß, Anreiz. Nicht er war es, der sich seine Themen wählte, die Themen wählten ihn. Goethe übertrug sein ganzes Leben in Dichtung. Es ist die Quelle, die seinen Werken die Innerlichkeit gibt, jene Einzigartigkeit, die sie noch heute leidenschaftlich und jung, frisch und modern erscheinen läßt. Nichts verbirgt er uns von seinem Selbst, er zeigt sich uns in jener Doppelnatur, die ihn gleichzeitig Faust und Mephisto sein läßt, in jenem ungeheuren Reichtum der Gegensätze, aus denen seine dichterische Fruchtbarkeit erwächst.

Es ist nicht verwunderlich, daß man, sobald man ihn zitiert, Gefahr läuft, ihn alles und gleichzeitig dessen Gegenteil sagen zu lassen. Er war weder ein systematischer Philosoph noch ein Freund von Dogmen oder starren Meinungen. Er bekannte sich zu keiner Konfession, blieb jedoch stets ein tiefreligiöser Mensch. Die äußerlichen Erscheinungsformen der christlichen Religion lehnte er ab, erkannte jedoch in den Evangelien «den Widerschein einer Majestät, die von der Person Christi ausging und die so göttlicher Art, wie nur je auf Erden das Göttliche erschienen ist». Und er behauptet ohne Zögern: «Mag der menschliche Geist sich erweitern, wie er will – über die Hoheit und sittliche Kultur des Christentums, wie es in den Evangelien schimmert und leuchtet, wird er nicht hinauskommen.»

Ihm, der als der höchste Ausdruck des deutschen Geistes angesehen wird, mangelt es auch nicht an Scharfsinn, wenn er von seinen Landsleuten spricht. «Die Deutschen sind wunderliche Leute!» sagt er. «Sie machen sich durch ihre tiefen Gedanken und Ideen, die sie überall suchen und überall hineinlegen, das Leben schwerer als billig.» Und weiter: «Wenn man ihnen eine Blume zeigt, so fragen sie gleich: Riecht sie? Kann man Tee davon trinken? Dürfen wir es nachmachen?» Aber noch strenger wird sein Urteil, wenn er sagt: «Ich habe oft einen bittern Schmerz empfunden bei dem Gedanken an das deutsche Volk, das so achtbar im einzelnen und so miserabel im ganzen ist. Verpflanzt und zerstreut wie die Juden müssen die Deutschen werden, um die Masse des Guten ganz und zum Heil aller Nationen zu entwikkeln, die in ihnen liegt.»

‹Weltliteratur ist an der Zeit›

Wilhelm von Humboldt

Auf Goethe geht der Begriff der Weltliteratur zurück. Auf ihn richten sich die Blicke der literarischen und künstlerischen Welt. Frankreichs Jugend pilgert nach Weimar, ihm Übersetzungen und Widmungen zu Füßen zu legen; Carlyle bittet ihn um ein Zeugnis, damit er leichter eine Berufung nach Schottland erhalte; in dem Brief, mit dem er ihm die Szenen seines ‹ Faust › widmet, verbessert Berlioz das Wort « Monsieur » in « Monseigneur », den Titel der Fürsten von Geblüt. Dies sind nur einige Anzeichen für die immer hellere Strahlkraft Goethes, doch nicht geringer ist die Aufmerksamkeit, die er selbst der europäischen Literatur widmet, für die er sich begeistert wie zuvor für die des Orients. Von den Franzosen liest er aufmerksam Sainte-Beuve, Vigny, Stendhal, Mérimée. Zu Beginn eher von Byrons Persönlichkeit als von seiner Dichtung angezogen, erweckt diese schließlich in ihm, dem Siebzigjährigen, jugendlich glühende Begeisterung. In Manzoni sieht er den großen italienischen Dichter, noch bevor dieser in seinem Vaterland anerkannt wird, und bewundert seine ‹ Ode auf den Tod Napoleons ›. Er schätzt gute Übersetzungen, ist sich jedoch ihrer Unzulänglichkeit bewußt und zieht es vor, die Autoren, deren Sprache ihm geläufig ist, im Original zu lesen. Er hat selbst übersetzt: ‹ Benvenuto Cellini › aus dem Italienischen, ‹ Mahomet und Tancrède › von Voltaire und ‹ Le Neveu de Rameau › von Diderot nach dem Manuskript, als dieser in Frankreich noch unbekannt war. Er vergleicht die Urteile über seine ‹ Helena › in Moskau, Paris und Edinburgh, um sie als Anzeichen der Aufmerksamkeit des Auslandes für die deutsche Literatur, die er gerne an der Spitze der ‹ Weltliteratur › sähe, zu werten. Er lehnt jede nur nationale Literatur ab, da « der Dichter dem Adler gleich ist, der mit freiem Blick über die Länder schwebt ». Er erkennt an, wieviel er Nichtdeutschen schuldet: an erster Stelle Shakespeare, dann Sterne und Goldsmith, Tasso und Cellini, dem Spanier Calderón, der arabischen und persischen Welt, und blickt mit einem neuen Gefühl der Solidarität weit über die Grenzen. « Nationalliteratur », sagt er, « will jetzt nicht viel sagen, die Epoche der Weltliteratur ist an der Zeit, und jeder muß jetzt dazu wirken, diese Epoche zu beschleunigen. » Fremd, weil nicht zu seiner Welt gehörig, bleibt ihm die nordische Mythologie und mit ihr die germanische Dichtung des Mittel-

Hector Berlioz

Ludwig Tieck

Thomas Carlyle

Lord G. Byron

Karl Friedrich Reinhard

Karl Friedrich Zelter

Felix Mendelssohn-Bartholdy

Franz Grillparzer

Alessandro Manzoni

Eugène Delacroix

Goethe auf einem Gemälde Kolbes, das dieser 1822 begonnen und 1826 abgeschlossen hatte. Er ist umgeben von den beiden engen Freunden des Alters, Humboldt und Reinhard, und einigen der bedeutendsten Zeitgenossen.

alters, die Nibelungen und die übrigen dunklen, unklaren, rauhen Figuren. Selbst Dante sagt ihm nichts. «Das Klassische nenne ich das Gesunde und das Romantische das Kranke», ist ein berühmter Ausspruch Goethes. Und er wird genauer: «Das meiste Neuere ist nicht romantisch, weil es neu, sondern weil es schwach, kränklich und krank ist, und das Alte ist nicht klassisch, weil es alt, sondern weil es stark, frisch, froh und gesund ist.»

Goethe hat sein Publikum immer wieder verblüfft und aus der Fassung gebracht. Nach dem ‹Götz› und dem ‹Werther› hatte man ihn angebetet. Dann, nach einem langen Schweigen, stand man erstaunt vor strengen, klassischen Werken wie dem ‹Tasso› und der ‹Iphigenie›, die einige Jahre später auf die plötzliche Wende zu den der sinnlichen Welt entnommenen Themen der ‹Römischen Elegien› gefolgt waren. Dies führt dazu, daß eine erste Ausgabe dieser Werke in acht kleinen Bänden zusammen mit dem ‹Egmont› und einer Sammlung der Gedichte, für die er von einem neuen Verleger, Georg Joachim Göschen, zweitausend Taler verlangt hatte, das Publikum kühl läßt. Später erreicht von seinen Werken, nach dem ‹Werther› und ‹Hermann und Dorothea›, am raschesten ‹Dichtung und Wahrheit› große Beliebtheit. Er veröffentlicht dieses Werk langsam, Jahr für Jahr.

Goethe wußte als sein bester Verwalter sehr wohl, wie er seine Verleger zu behandeln hatte. Bereits berühmt und umworben, übergab er einem von ihnen, der ein neues Werk veröffentlichen wollte, einen verschlossenen Umschlag, in dem eine Geldsumme genannt war. War das Angebot des Verlegers niedriger, durfte er das Werk nicht drucken. Eine Art privater Versteigerung, würden wir heute sagen. Auf diese Weise gelingt es Goethe, Honorare zu erhalten, die kein Schriftsteller vor ihm erreicht hatte. Allerdings hat er nicht die Absicht, einen allzu großen Teil seiner Einkünfte mit dem Fiskus zu teilen. Er beantragt daher eine mäßige Besteuerung, mit der Begründung, er sei eine Person des öffentlichen Lebens geworden, die täglich von allen Seiten Briefe empfange, deren Beantwortung große Opfer an Zeit und Geld fordere. Und es gelingt ihm, seinen Antrag durchzusetzen: auf ein jährliches Einkommen zwischen acht- und zehntausend Talern zahlt er nicht mehr als hundertfünfzig Taler Steuer.

In Marienbad Begegnung mit Ulrike von Levetzow

Zu den Landschaften, die Goethe besonders liebte, gehört auch die der böhmischen Thermalbäder. Mehr als zehnmal besucht er Karlsbad: das erstemal, um von dort aus nach Italien zu fliehen nach dem Abschied von Charlotte von Stein, zuletzt 1820. Er geht nicht allein der Quellen wegen dorthin, die Kur ist vielmehr der Anlaß, sich in einer heiteren Atmosphäre und einer so ganz anderen als der Weimarer Gesellschaft aufzuhalten. An diesem Treffpunkt der eleganten Welt Europas schließt Goethe neue Bekanntschaften, erweitert den Kreis seiner Freundschaften. Er wird Maria Ludovica, der Kaiserin von Österreich, vorgestellt und schreibt einige Gedichte für sie.
Ab 1821 gibt Goethe Karlsbad auf und wählt Marienbad zum Kur- und Ferienort. Er wohnt in der Pension Brösigke, der vornehmsten und elegantesten Pension des Thermalbades. Mit der großen Terrasse und einem ausgedehnten Rasen auf der Vorderseite bildet sie zur Stunde der Promenade den Mittelpunkt, von dem aus man ganz Marienbad sieht und von allen gesehen werden kann. Die Tochter des Besitzers ist eine von Levetzow. Goethe hatte sie als achtzehnjährige, jungverheiratete Frau in Karlsbad kennengelernt. Nun ist sie Witwe und lebt mit dem Grafen Knebelsberg zusammen. Von den drei Töchtern Levetzow – Ulrike, Amalie und Bertha – ist die siebzehnjährige Ulrike gerade aus dem Pensionat in Straßburg, in dem sie erzogen worden war, zurückgekehrt. Unbefangen plaudert sie mit dem so bedeutenden dreiundsiebzigjährigen Herrn, von dem sie nicht eine Zeile gelesen hat. Er schenkt ihr ‹Wilhelm Meisters Lehrjahre›. Von seinen Spaziergängen in der Umgebung bringt er ihr Steine mit, eine Gewohnheit, die er nie aufgegeben hat. Angesichts der Enttäuschung des Mädchens wechselt er jedoch zu Süßigkeiten und Feldblumen über. Im Jahr darauf kommt Goethe wieder nach Marienbad, desgleichen 1823. Nun steigt er nicht mehr in der Pension Brösigke ab, wo der Herzog wohnt, sondern im gegenüberliegenden Hotel ‹Zur goldenen Traube›. Die Quelle ist der Mittelpunkt des Thermalbades. Dort treffen sich im Laufe des Tages die Badegäste. Goethe grüßt nach rechts und links, man grüßt ihn und bezeugt ihm alle Ehren. Er fühlt sich jung wie nie zuvor. Und so ist in dieser besonderen Umgebung, in dieser ein wenig künstlichen, ein wenig irrealen Atmosphäre das Entstehen von Träumen möglich.

Nebenstehend: Ulrike von Levetzow, derer sich niemand erinnern würde, wenn ihr jugendlicher Zauber nicht die letzte große Leidenschaft des alten Dichters geweckt hätte. Unten und oben ganz links: Karlsbad und seine Thermalquelle. Unter den zahlreichen Bekanntschaften, die Goethe dort machte, ist auch die einer schönen Jüdin, der Tochter eines reichen Berliner Kaufmanns, Marianne von Eybenberg, die zur Verbreitung seines Ruhms beiträgt. Hier begegnet er auch Karl Friedrich Reinhard, einem Schwaben im französischen diplomatischen Dienst. Er wird eine Art persönlicher Beobachter Goethes in Frankreich und einer seiner wenigen Freunde im Alter. Mit ihm führt Goethe eine umfangreiche Korrespondenz.

In den Jahren 1810, 1812 und 1813 hatte Goethe Töplitz in Böhmen (rechte Seite unten) zur Badekur gewählt. Nach genauester Untersuchung der Thermalquellen wurde auch das Dörfchen Berka in der Nähe Weimars am 24. Juni 1813 zum Thermalbad erhoben, und Goethe begibt sich im Sommer 1814 und Ende 1818 dorthin.

Links: Goethe begrüßt den Herzog in Berka. Oben: Das Haus Brösigke in Marienbad, wohin der Dichter von 1821 bis 1823 ging. Rechts: Die schöne Polin Maria Szymanowska, Pianistin am Zarenhof, der Goethe in Marienbad begegnet war. Sie suchte ihn in Weimar Anfang November auf.

‹Marienbader Elegie›

Weshalb sollten nicht auch die unwahrscheinlichsten Träume wahr werden? Goethe, der sich in Ulrike verliebt hat, vertraut sich schließlich seinem Freund, dem Herzog, an. Dieser nimmt die Sache anfänglich scherzhaft: «Alter, immer noch Mädchen?» Doch Goethe läßt nicht locker, und der Herzog muß nachgeben. Er läßt sich bei Frau von Levetzow anmelden und bittet sie offiziell um die Hand ihrer Tochter für den Freund. Zu Anfang ist Frau von Levetzow verwirrt und überrascht, dann fällt es ihr nicht schwer, sich hinter dem Altersunterschied zu verschanzen. Obwohl sich die Sache sofort herumspricht, lacht niemand über sie. Goethe selbst hat nie ein einziges Wort darüber gesprochen, weder zur Mutter noch zur Tochter. Um der Verlegenheit zu entgehen, verlassen Frau von Levetzow und ihre Tochter Marienbad und gehen nach Karlsbad. Wenige Tage später folgt Goethe ihnen. Er steigt im gleichen Hotel ab. Es vergehen weitere zwölf Tage. Dann erhält Goethe zu seinem Geburtstag einen Pokal zum Geschenk, auf dem das Datum und die Initialen der drei Schwestern eingeätzt sind. An einem Septembermorgen um neun Uhr verläßt Goethe das Bad. Ulrike, die fast hundertjährig als Äbtissin stirbt, sieht er nicht wieder. Doch der Schmerz verwandelt sich in Poesie. Auf der Reise schreibt er die ‹Marienbader Elegie›. Bei seiner Ankunft in Weimar hat er dieses leidenschaftlichste, lebendigste seiner Gedichte bereits vollendet. Er gibt es den Auserwähltesten seiner Freunde zu lesen, liest es auch selbst vor. Alle Nuancen des Gefühls drückt es aus, ohne daß, wie schon bei vergangenen Leidenschaften – für Lotte, für Lili, für Frau von Stein und für Marianne von Willemer – je etwas, das auch nur leise an Erotik erinnerte, ins Spiel käme. Es ist, als hätte der Dichter sich auf immer von allem, was irdisch ist, befreit. Goethe hat jede Liebe erlebt und besungen, als sei es die letzte, als sei es die einzige, endgültige. Dies gilt auch für Ulrike, aber der Abschied, den er an sie richtet, ist alles das und mehr. Er ist ein letztes Wort, der Abschied von der Liebe, jenem Gefühl, das das ganze Leben des Dichters erfüllte, ja fast leitete.
Noch zu einer anderen Begegnung war es in Marienbad gekommen: mit der schönen und eleganten, berühmten polnischen Pianistin Maria Szymanowska. Sie nimmt seine Einladung an und gibt ein Konzert in Weimar. Auch sie sieht er nicht wieder.

Faust und Mephisto des ersten Teils der Tragödie üben auch auf die Jugend Frankreichs einen großen romantischen Zauber aus. Sie weiß noch nichts vom zweiten, klassisch inspirierten Teil, und als er erscheint, ist man enttäuscht. Goethe liest mit großem Interesse die französische ‹Faust›-Übersetzung des achtzehnjährigen Gérard de Nerval. Eine Luxusausgabe erscheint mit den Lithographien von Delacroix. Unten: Auerbachs Keller. Ganz unten links: Faust in der Studierstube; rechts: Gretchen am Spinnrad. Rechte Seite: Eine Szene aus der Walpurgisnacht, in einer Illustration des deutschen Malers Ramberg.

‹Wilhelm Meister›

Es ist gesagt worden, Dante und die ‹Göttliche Komödie› seien nicht voneinander zu trennen. Das gleiche kann auch von Goethe und dem ‹Faust› gesagt werden, vielleicht mit größerer Berechtigung, sei es auch nur, weil das Werk ihn über sechzig Jahre hinweg beschäftigte und zum Leitfaden und dem beherrschenden Motiv seines Lebens wurde. Diese Treue zu in der Jugend entworfenen und skizzierten Vorwürfen, die beständig als etwas Neues oder zutiefst Erneuertes wiedererarbeitet und umgearbeitet werden, ist typisch für den Menschen und Künstler Goethe. Anfänglich ist der ‹Faust› kaum mehr als eine Studentenkomödie, am Ende spiegelt er alle geistigen Stationen Goethes wider und wird zur ‹Summe› seines Denkens.
Eine entsprechende Entwicklung sehen wir in Goethes zweitem Hauptwerk und wichtigstem, Wilhelm Meister gewidmeten Roman. Die Hauptfigur ist ein theaterbesessener junger Mann vor dem Hintergrund der Welt der Bühne und der Wandertruppen, doch nach und nach wird das beherrschende Problem das der Bildung des Menschen, dieses ewigen ‹Lehrlings›. In den ersten zehn Jahren in Weimar schreibt Goethe mit langen Unterbrechungen eine erste Fassung des Werkes, ‹Wilhelm Meisters theatralische Sendung›, von der er schon zur Zeit des ‹Werther› träumte. Zehn Jahre später sind ‹Wilhelm Meisters Lehrjahre› fertiggestellt, die 1796 erscheinen und denen unverzüglich die Fortsetzung folgen soll. Doch erst im Alter von achtundfünfzig Jahren beginnt er sie und veröffentlicht schließlich 1821 ‹Wilhelm Meisters Wanderjahre›, die er zwischen 1825 und 1829 noch einmal vornimmt und zur endgültigen Fassung umarbeitet. Die Handlung spielt in der Alten und der Neuen Welt – also ein auch für uns hochaktuelles Thema, Amerika und der Amerikanismus. Besorgt über Zusammenbruch und Umwälzungen zu Anfang des Jahrhunderts, beginnt Goethe, Prototyp des Abendlandes und in seiner Kultur verwurzelt, an der Zukunft Europas zu zweifeln. Die Emigration wird eines der Themen seines Romans, in dem er die moderne und zeitgenössische Welt vorwegnimmt, während sich die Züge des neuen Jahrhunderts gerade erst abzeichnen. Die gesamte wirtschaftliche und soziale Entwicklung des 19. Jahrhunderts mit dem Entstehen neuer Klassen und ihrer Gegensätze – alles das wird fast wie in einer Weissagung vorausgeahnt.

‹Faust› – vollendet nach sechzig Jahren

«Es sind über sechzig Jahre, daß die Konzeption des ‹Faust› bei mir jugendlich von vorneherein klar, die ganze Reihenfolge hingegen weniger ausführlich vorlag... Hier trat nun freilich die große Schwierigkeit ein, dasjenige durch Vorsatz und Charakter zu erreichen, was eigentlich der freiwillig tätigen Natur allein zukommen sollte.» Diese Worte, aus einem Brief Goethes vom 17. März 1832, fünf Tage vor seinem Tode, fassen die Geschichte des ‹Faust› wirklich auf das kürzeste zusammen. ‹Faust› ist zwar das Werk des Dichters, lebt jedoch neben ihm auch ein eigenes Leben, wie ein Geschöpf, das ihn treu bis ans Grab begleitet. Bereits 1790 hat Goethe ‹Faust, Ein Fragment› veröffentlicht, eine Erweiterung einer Reihe von Szenen, die noch auf die Zeit des Sturm und Drang, auf den sogenannten ‹Urfaust› aus den Jahren 1773–1775, zurückgehen. Auf Schillers Drängen nimmt er ihn 1797 wieder auf. ‹Faust, Erster Teil›, den Goethe mit zweiundfünfzig Jahren beendet, erscheint erst 1806. Über zwanzig Jahre vergehen, bevor Goethe sich daran begibt, das zu vollenden, was er im letzten Jahrzehnt seines Leben als das «Hauptgeschäft» bezeichnet. Am 21. Juli 1831 trägt er in sein Tagebuch die Anmerkung ein, das Werk sei fertig. Mitte August überarbeitet er das Ganze noch einmal, heftet das Manuskript des ‹Zweiten Teils› und setzt sein Siegel darunter.

Die tragische Geschichte des Doktor Faustus und seines Paktes mit dem Teufel hatte zum erstenmal der englische Schriftsteller Christopher Marlowe im 16. Jahrhundert erzählt. Faust schließt einen Pakt mit dem Dämon. Gegen Abtretung seiner Seele kann er wunderbare Taten vollbringen und der berühmteste und mächtigste Mann auf Erden werden. Diese Geschichte verwandelt Goethe in ein Schauspiel, das alle Bereiche des Lebens umfaßt. Er läßt alles hineinfließen, was sich ihm im Laufe eines langen Daseins «viele Jahre im Kopf und Sinn herumbewegte»: das Problem des Menschen an sich und seines Verhältnisses zu Gott, des einzelnen zur Gesellschaft, der modernen Seele gegenüber der antiken Welt, der Grenzen der menschlichen Fähigkeiten und schließlich der Lösung jedes Problems im Leben durch eine konkrete Tätigkeit. Mit dem Aufstieg von Fausts Seele zum Himmel mündet das Werk in jene höchsten Sphären, von denen es im ‹Prolog im Himmel› ausgegangen war.

Nachtmahr nannte Johann Heinrich Füssli sein Gemälde (linke Seite), auf dem sich alle Elemente der romantischen Malerei ein Stelldichein geben. Der Nachtmahr ist ein Phantasiewesen der nordischen Mythologie und wird im ‹Faust› zum Reittier Mephistos. In einem der Entwürfe zur Walpurgisnacht sieht Goethe vor: «Mephisto will einige Nachtmahre aufzäumen und Faust eine Falle stellen.» Die Szene wurde jedoch nicht weiterverfolgt. Auf dieser Seite einige von Goethe zu seinem Faust gezeichnete Szenen. Oben: Eine Hexenszene. Darunter: Die Walpurgisnacht. Unten links: Erscheinung des Erdgeists; rechts: Erscheinung des Pudels.

Goethes Tod

Dieses Gemälde Johann Joseph Schmellers hat nichts von dem Olympier Goethe: nur ein Gefühl der Einsamkeit und verschwiegenen Leidens. In sich selbst gekehrt, betrachtet der Greis prüfend die neu heraufkommende Welt. Goethe schätzte Schmeller als Maler und ließ alle seine Gäste von ihm porträtieren. Wir besitzen 130 Zeichnungen von seiner Hand. Der Künstler war 30 Jahre alt, als er Goethe malte; er starb mit 45 Jahren. Das Gemälde ist das Pendant Schmellers zu einem Bild von Kolbes Hand, auf dem der Dichter vor dem Golf von Neapel stehend wiedergegeben ist, einen Stift in der Rechten und ein Buch in der Linken. Auch hier haben wir die gleiche Haltung, doch steht die Figur vor dem Hintergrund der rheinischen Rebe, der Pflanze der Heimat.

Über allen Gipfeln / ist Ruh. / In allen Wipfeln / spürest du / kaum einen Hauch. / Die Vögelein schweigen im Walde. / Warte nur, balde / ruhest du auch.
Diese Verse liest Goethe am 28. August 1831 noch einmal an der Wand der Jagdhütte, an die er sie zweiundfünfzig Jahre früher geschrieben hatte. Es ist sein Geburtstag; es sollte sein letzter sein. Während in Weimar seine Büste feierlich enthüllt wird, hat er mit den Enkeln einen Ausflug nach Ilmenau gemacht, «um die Geister der Vergangenheit durch die Gegenwart der Herankommenden auf eine gesetzte und gefaßte Weise zu begrüßen». Von dort ist er durch das Gehölz zur Hütte hinaufgestiegen.
Der Winter geht vorüber, und der Dichter erwartet ungeduldig die Rückkehr des Frühlings, als er sich am 15. März 1832 auf einer Spazierfahrt erkältet. Seine letzte Eintragung im Tagebuch datiert vom 16. März: «Den ganzen Tag wegen Unwohlseins im Bette zugebracht.» Eine vorübergehende Besserung, dann, in der Nacht vom 19. zum 20. März, die Krise. Der am Morgen herbeigerufene Arzt Vogel sieht eine herzzerreißende Szene vor sich: «Fürchterlichste Angst und Unruhe trieben den seit lange nur in gemessenster Haltung sich zu bewegen gewohnten, hochbejahrten Greis mit jagender Hast bald ins Bett, wo er durch jeden Augenblick veränderte Lage Linderung zu erlangen vergeblich suchte, bald auf den neben dem Bette stehenden Lehnstuhl. Der Schmerz, welcher sich mehr und mehr auf der Brust festsetzte, preßte dem Gefolterten bald Stöhnen, bald lautes Geschrei aus. Die Gesichtszüge waren verzerrt, das Antlitz aschgrau, die Augen, tief in ihre lividen Höhlen gesunken, matt, trübe; der Blick drückte die gräßlichste Todesangst aus. Der ganze eiskalte Körper triefte vor Schweiß.» Es folgt ein wohltuendes Eindämmern. Am Morgen des 22. März fragt Goethe, welchen Tag man schreibe. «Also hat der Frühling begonnen, und wir können uns um so mehr erholen», bemerkt er. Kurz nach zehn befiehlt er dem Bedienten: «Macht doch den zweiten Fensterladen in der Stube auch auf, damit mehr Licht hereinkomme!» Dann schläft er wieder ein. Ottilie ist um ihn. Mit dem Finger schreibt er auf der Decke über den Knien. Zuletzt zeichnet er ein großes W, vermutlich die Initiale seines Namens. So stirbt Goethe schreibend; gegen Mittag, zur Stunde seiner Geburt, verläßt die Seele den Körper.

Einband Vorderseite: Goethe in der römischen Campagna. Gemälde von J. H. W. Tischbein (Ausschnitt)
Einband Rückseite: Frankfurt am Main, Platz auf dem Römerberg mit Nicolaikirche um 1750. Zeitgenössischer Stich
Vorsatz: Kalenderblätter vom Ende des 18. Jh.s nach Stichen von D. Chodowiecki
Titelbild: Goethe vor einer Büste der Charlotte von Stein

Herausgegeben von Enzo Orlandi. Text von Horst Hohendorf
Die Übertragung aus dem Italienischen besorgte Brigitte Grossmann
 Printed in Italy by Mondadori, Verona
ISBN 3 927117 02 1

Goethes einzigartige Größe beruht auf der uneingeschränkten Natürlichkeit seiner Entwicklung. Von der Gunst des Schicksals vor jedem äußeren Elend bewahrt, findet er sich so hochgestellt, daß er alles zusammenfassend überschauen kann, und doch dem Menschlichen nahe genug, um die Vielfalt des Lebens zu erfahren. Von dem ungeheuren Drang zur vollständigen Entfaltung der eigenen Persönlichkeit getrieben, gibt Goethe ein Beispiel, wie man ein Leben gestalten kann. Es geht ihm nicht darum, die Welt zu verbessern, sondern seiner eigenen geistigen Entwicklung immer höhere Ziele zu setzen. Die Universalität seiner Bildung macht ihn in Verbindung mit der absoluten Unvoreingenommenheit des Sehens und Empfindens zu einem hervorragenden Kenner und Schilderer der menschlichen Seele. Er haßt alles Gezwungene, Künstliche, weist jedes moralische oder politische Pathos von sich. Selbst die Moral ist ihm lediglich gesunde, schöne Natur. Er schreibt, wenn er sich innerlich dazu getrieben fühlt: seine Dichtung ist Gelegenheitsdichtung im höchsten Sinne des Wortes. Die zahlreichen Gefühlsbindungen erweisen sich zumeist als schmerzliche Enttäuschungen, doch was ihm im Leben fehlt, findet er in schöpferischer Ekstase. Goethe ist als Mensch und Dichter zum Symbol eines universellen europäischen Geistes geworden.

1749 28. August: Goethe wird in Frankfurt am Main als Sohn des Juristen Johann Caspar Goethe und seiner Frau Elisabeth Textor geboren.
1756–1763 Siebenjähriger Krieg.
1759 Frankfurt wird von den Franzosen besetzt. In Marbach wird Friedrich Schiller geboren.
1765 Goethe besucht in Leipzig juristische Vorlesungen, interessiert sich jedoch vor allem für das Zeichnen und den Besuch literarischer Kreise.
1768 An Tuberkulose erkrankt, kehrt er nach Frankfurt zurück.
1770–1771 Goethe beendet in Straßburg sein juristisches Studium. Er begegnet Herder; in Sesenheim verliebt er sich in Friederike Brion.
1772 Mai–September: Praktikum am Reichskammergericht in Wetzlar.
1773 Er schreibt den ‹Götz von Berlichingen›.
1774 Goethe veröffentlicht den Roman ‹Die Leiden des jungen Werther›, der ihn in ganz Europa bekannt macht. Aus der gleichen Zeit stammen die Tragödie ‹Clavigo› und der Beginn des ‹Faust› und des ‹Egmont›.
1775 Verlobung mit Lili Schönemann, ohne daß es zu einer Heirat kommt. Mai–Juni: erste Reise in die Schweiz. November: Auf Einladung des Herzogs Carl August, der sein Freund und Mäzen wird, kommt Goethe nach Weimar, wo er die für ihn ideale Umgebung findet. Er widmet sich den unterschiedlichsten Aufgaben, ist Ratgeber des Herzogs, Minister, Präsident der Finanzverwaltung. Diese Beschäftigungen können seine literarische Tätigkeit und seine eingehenden Studien der Probleme der Botanik, der Geologie, der Anatomie (1784 entdeckt er den Zwischenkieferknochen) höchstens verlangsamen, jedoch nicht aufhalten.
1776 Beginn der Freundschaft mit Charlotte von Stein, Hofdame der Herzogin Anna Amalia von Weimar. Goethe richtet in einem Jahrzehnt etwa 1700 Liebesbriefe an sie.
1777 Goethe beginnt die Arbeit an ‹Wilhelm Meisters theatralischer Sendung›.
1778 Todesjahr Voltaires und Rousseaus.
1779 Goethe schreibt (in Prosa) die ‹Iphigenie auf Tauris›, die er später in Italien in Verse überträgt.
1786 17. August: Friedrich II. von Preußen stirbt. 3. September: Goethe ‹flieht› nach Italien. Er sieht Verona, Vicenza, Padua, Venedig, berührt Florenz, kommt am 29. Oktober in Rom an.
1787 22. Februar: Abreise nach Neapel, Besuch Pompejis und Paestums; Reise durch Sizilien, von dort Rückkehr nach Neapel und Rom. Während der glücklichen, fruchtbaren römischen Zeit stellt er den ‹Egmont› fertig, schreibt einige Szenen des ‹Faust›, beginnt mit Entwurf und Vorbereitungsarbeiten zur ‹Italienischen Reise›, interessiert sich für das Leben des Volkes, die Mineralogie, Botanik, Zoologie.
1788 18. Juni: Rückkehr nach Weimar. Goethe wird von den Regierungsämtern entbunden, behält nur die Leitung der wissenschaftlichen Institute und des Hoftheaters. Nimmt die dreiundzwanzigjährige Christiane Vulpius in sein Haus.
1788–1790 Goethe schreibt die ‹Römischen Elegien›, beendet den ‹Tasso›, arbeitet an der ‹Metamorphose der Pflanzen›.
1789 Der Ausbruch der Französischen Revolution beunruhigt Goethe, der von der Notwendigkeit langsamer, schrittweiser Übergänge im Leben der Völker wie in der Natur überzeugt ist, außerordentlich. 25. Dezember: August Goethe wird geboren.
1791 Goethes ‹Beiträge zur Optik› erscheinen.
1792 Begleitet den Herzog auf der Kampagne in Frankreich.
1793 Mai–Juli: Goethe wohnt der Belagerung von Mainz bei.
1794 Mitarbeit an Schillers neuer Zeitschrift (Die Horen), mit dem ihn eine enge Freundschaft verbindet. Schiller drängt ihn zur Wiederaufnahme der Arbeit an ‹Wilhelm Meisters Lehrjahren›.
1795–1796 Gemeinsam mit Schiller schreibt Goethe eine Reihe von Epigrammen (Xenien).
1797 Es entsteht das Idyll ‹Hermann und Dorothea›.
1805 Todesjahr Schillers.
1806 6. August: Mit dem offiziellen Verzicht Franz' II. endet das Heilige Römische Reich Deutscher Nation. 19. Oktober: Goethe legalisiert seine Verbindung mit Christiane durch die Ehe.
1808 Begegnung mit Napoleon in Erfurt.
1809 ‹Die Wahlverwandtschaften› erscheinen. In Ottilie verbirgt sich seine zärtliche Zuneigung zu Minna Herzlieb, die ihn auch zu den Sonetten inspirierte.
1810 Goethe beschäftigt sich wieder mit wissenschaftlichen Studien (‹Farbenlehre›).
1814 Die Liebe zu Marianne von Willemer inspiriert ihn zum ‹Westöstlichen Diwan›.
1816 Todesjahr Christianes.
1823 Bei der Kur in Marienbad fühlt er sich zu der jungen Ulrike von Levetzow hingezogen. Sie ist seine letzte Liebe, es entsteht die ‹Marienbader Elegie›.
1828 Todesjahr des Herzogs Carl August. Goethe veröffentlicht den Briefwechsel mit Schiller und beschäftigt sich mit der endgültigen Herausgabe seiner Werke.
1829 Es entsteht die letzte Fassung des Romans ‹Wilhelm Meisters Wanderjahre›.
1830 In Rom stirbt August, der einzige überlebende Sohn Goethes und Christianes.
1832 22. März: Goethe stirbt in Weimar.

Die in diesem Band abgebildeten Werke befinden sich in folgenden Sammlungen: Düsseldorf, Goethe-Museum (Anton und Katharina Kippenberg-Stiftung): S. 6, 11, 12, 19, 22–23, 25–27, 30–32, 39, 40, 46–50, 53–55, 57, 59, 60–63, 66, 68, 69, 71. Frankfurt, Freies Deutsches Hochstift, Frankfurter Goethe-Museum: S. 4–9, 12, 13, 16, 19–21, 24, 28, 34–36, 43, 44, 50, 53–58, 64, 68, 70, 72, 74, 75. Halberstadt, Gleimhaus: S. 15. Marbach, Schiller-National-Museum: S. 50. Mailand, Raccolta Bertarelli: S. 27. Rom, Collezione de Lemmerman: S. 38–43. Venedig, Collezione Cini: S. 37. Weimar, Nationale Forschungs- und Gedenkstätten der Klassischen Deutschen Literatur in Weimar – Goethe-Nationalmuseum: S. 9, 10, 25, 28, 29, 33, 36, 40, 44–46, 50, 53, 58–60, 64, 65–69, 73. Wien, Kunsthistorisches Museum: S. 10–11. Fotografischer Nachweis: Cerasoli: S. 38–43. Del Grande: S. 4–9, 12, 13, 16, 19, 20–28, 30–32, 34–36, 39, 40, 43, 44, 46–49, 53–64, 66, 68–72, 74, 75. Historisches Bildarchiv Handke: S. 47, 51, 52. Photo Meyer: S. 10–11. Mori: S. 37. Hans Reger: Vorsatzpapiere, S. 28. Roger Viollet: S. 52, 70. Saporetti: S. 27; und Archivio Fotografico Mondadori.

Das Gebeth
La priere

Der Spatzier Gang
La promenade

Der Spatzier Gang
La promenade

Das Gebeth
La priere

Die Unterredung
La converſation

Die Unterredung
La converſation

Der Unterricht
L'inſtruction

Der Unterricht
L'inſtruction

Geſchmack
Goût

Geſchmack
Goût

Kunſt Kenntnis
Connoiſsance des Arts

Aufſchneidriſcher Narr.
Fanfaron